ethods simplification

炒热菜

玺璺 编著

湖南美术出版社

PREFACE

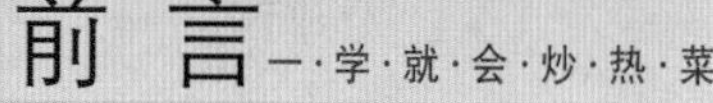

您是否想为家人做出美味可口的食物，却为食谱中复杂难懂的制作方法而苦恼呢？下面就让我们来解决您的难题吧！

《家庭快捷烹饪》丛书系列精心挑选了450道快捷易做的家常主食、靓汤、热菜、凉菜、点心等，从各个方面以通俗的文字教您通过食物的巧妙搭配，制作出色、香、味俱佳的各色美味。书中还配有精美详细的制作过程图，为您提供了更直观的参考借鉴，使操作更简单。

本丛书共分为如下五大系列：

《一学就会做主食》全面介绍了粥、饭、面、粉四大主食，让您的主食变得既营养又丰富。

《一学就会煲靓汤》介绍了九十余款不同靓汤的制作方法，从简单、营养的概念出发，为您和您的家人的健康保驾护航。

《一学就会炒热菜》选取了日常生活常见的素材，制作出美味无比的各式佳肴，让人不禁胃口大开。

《一学就会拌凉菜》介绍了各种不同口味的凉拌菜，品种良多，又让人在饭桌上多了一份选择。

《一学就会制甜点》搜罗了风格各异的甜品和点心，让人在茶余饭后尽情享受烹饪所带来的快乐心情。

本丛书全面介绍了家庭烹饪的方方面面，并有针对性地进行了详细的营养分析，方便您根据家人的体质及相关宜忌调整饮食，将中医学“药食同补”的科学概念应用到日常生活中，让您的饮食变得既营养又丰富。全书图文并茂，简单易懂，一学就会，是现代人学习厨艺知识与技巧的极佳参考书。

编　者

家庭快捷烹饪

CONTENTS

目录

一·学·就·会·炒·热·菜

CONTENTS

炒，是最广泛、最实用的中国传统烹调方法之一。用一些常用的烹饪方法所制作的菜肴，大家习惯用“炒”字代替，笼统地称为“炒菜”。但究其实质，炒与其他烹调方法是有明显区别的。

所谓炒，是热底油，以葱、姜烹锅，投料入勺，急火快炒，汤汁较少，不勾芡，迅速成菜的一类烹调技术。

健康 炒菜新概念

炒，是最广泛、最实用的中国传统烹调方法之一。

由于炒所用的原料性质和具体操作手法的不同，炒又可分出四种炒法：

1. 生　炒

析义：也叫做火边炒，以不挂糊的原料为主。先将主料放入沸油锅中，炒至五六成熟，再放入配料，配料易熟的可迟放，不易熟的与主料一起放入，然后加入调料，迅速颠翻几下，断生即好。

特　色：这种炒法汤汁很少，原料鲜嫩。如果原料的块形较大，可在烹制时兑入少量汤汁，翻炒几下，使原料炒透，即行出锅。

要　点：放汤汁时，需待原料本身水分炒干后再放，才能入味。

2. 熟　炒

析义：熟炒一般先将大块的原料加工成半熟或全熟（煮、烧、蒸或炸熟等），然后改刀成片、块等，放入沸油锅内略炒，再依次加入辅料、调味品和少许汤汁，翻炒几下即成。

特色：略带卤汁，酥脆入味。

要　点：熟炒的原料大都不易糊，起锅时一般用水淀粉勾成薄芡，也有用豆瓣酱、甜面酱等调料烹制而不再勾芡的。

3. 软　炒

析义：又称滑炒，是先将主料下锅，经调味品拌脆后，再用蛋清团粉上浆炒制、勾薄芡的一种炒法。

特色：软炒菜肴非常嫩滑，但应注意在主料下锅后，必须使主料散开，以防止主料挂糊粘连成块。

要点：主料要边炒边使油温增加，炒到油约九成热时出锅，再另炒配料，待配料快熟时，投入主料同炒。

4. 干　炒

析义：干炒是将不挂糊的小型原料经调味品拌腌后，放入八成热的油锅中迅速翻炒，炒到外面焦黄时，再加配料及调味品（大多包括带有辣味的豆瓣酱、花椒粉、胡椒粉等）同炒几下，待全部卤汁被主料吸收后，即可出锅。

特色：干香、酥脆、略带麻辣。

饮食宜忌 一般人均可食用。

香菇炒西兰花

XIANGGU CHAO XILANHUA

营养功效

营养成分齐全，富含多种维生素、矿物质及丰富的叶酸。具有较强的美容作用，可延缓皮肤衰老，预防癌症的发生。

健康有道

挑选西兰花时，手感越重的，质量越好。不过，也要避免其花球过硬，这样的西兰花比较老。买回后最好在4天内吃掉，否则就不新鲜了。

原　料 鲜嫩西兰花250克，香菇50克。

调　料 蒜蓉、盐、味精、胡椒粉各适量。

制作过程 ZHIZUO GUOCHENG

1. 西兰花洗净，切块；用热水把香菇泡软，洗净后挤干水分，切成片。

2. 将西兰花、香菇同时放入沸水中烫3～5分钟，马上捞出。

3. 锅中放油烧热，依次放入香菇、西兰花、盐、味精和胡椒粉炒匀，出锅即成。

五色炒玉米

饮食宜忌 一般人均可食用。干燥综合征、糖尿病及阴虚火旺等患者不宜吃爆玉米花，食之易助火伤阴，恐其加重病情。

原 料： 玉米1个，豌豆、香菇、红辣椒、竹笋各适量。

调 料： 葱、蒜、绍酒、精盐、味精、鲜奶油各适量。

营养功效

玉米性平，味甘。含有钙、镁、锌、铜、锰、钴、硒等矿物质，又含有B族维生素、烟酸等，所含亚油酸及维生素E比大米高10倍。由此可见玉米营养成分之丰富，具有调中开胃、通便、渗湿利水之功效。

制作过程

1. 小香菇用温水泡发回软；红辣椒、竹笋洗净，切小丁。

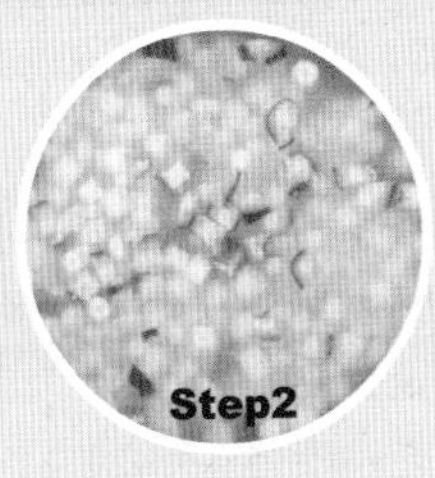

2. 将玉米粒、豌豆、香菇、红辣椒一起焯水烫透，捞出沥干水分备用。

3. 炒锅上火烧热，加少许底油，用葱、姜末炝锅，烹绍酒，添汤，加精盐、味精、鲜奶油，再下入上述原料，翻炒均匀至入味，勾芡，淋明油，出锅装盘。

健康有道

玉米熟食更佳，烹调尽管使玉米损失了部分维生素C，却获得了更有营养价值的活性抗氧化剂。玉米霉变后不能吃，因其所产生的黄曲霉是致癌物质。

饮食宜忌 一般人均可食用。绿豆芽纤维较粗，不易消化，且性质偏寒，所以脾胃虚寒之人不宜多食。

三丝炒绿豆芽

SANSI CHAO LVDOUYA

营养功效

绿豆芽富含纤维素，是便秘患者的健康蔬菜。有预防消化道癌症的功效。绿豆芽还含有核黄素，对口腔溃疡具有一定的食疗作用。

健康有道

绿豆芽性寒，烹调时应配上点姜丝，以中和它的寒性，十分适于夏季食用。烹调时油盐不宜太多，要尽量保持其清淡的性味和爽口的特点。下锅后要迅速翻炒，适当加些醋，才能保存水分及维生素C，口感才好。

原料 绿豆芽150克，胡萝卜、韭菜各50克，木耳30克。

调料 盐8克，味精5克，生油10克，蒜蓉少许。

制作过程 ZHIZUO GUOCHENG

1. 将绿豆芽洗净，韭菜切段，胡萝卜切丝，木耳浸透后也切成丝。

2. 锅内放油烧热，放入以上材料煸炒。

3. 至熟时，再加盐、味精炒匀，出锅即可。

爆土豆丁

饮食宜忌 动脉硬化、冠心病、高血压和肝、胃病患者及老年人应少食猪肉；糖尿病患者不可多食土豆。

原料：猪肉馅100克，土豆250克，食用油1000克(实耗75克)。

调料：黄酱、绍酒各1大匙，花椒粉1/2小匙，葱丁、姜末、蒜末各少许，水淀粉适量。

营养功效

土豆含有大量维生素和矿物质。有和中养胃、利温消湿、健脾益气、解毒等功效。

猪肉为人体提供优质的蛋白质、必需的脂肪酸和血红素铁，具有补虚养血，健脾补肝，滋阴润燥的功效。

制作过程

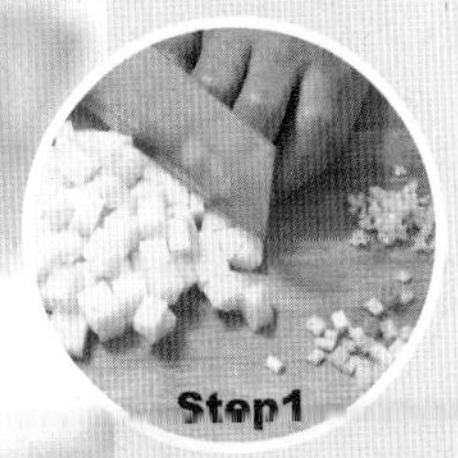

1. 土豆去皮洗净，切成1厘米见方的小丁。将土豆丁下入七成热油中，炸成金黄色捞出，沥净油分备用。

2. 炒锅上火烧热，加少许底油，用葱、姜、蒜、花椒粉炝锅，再放入猪肉馅煸炒至变色，烹绍酒，加入黄酱炒出香味。

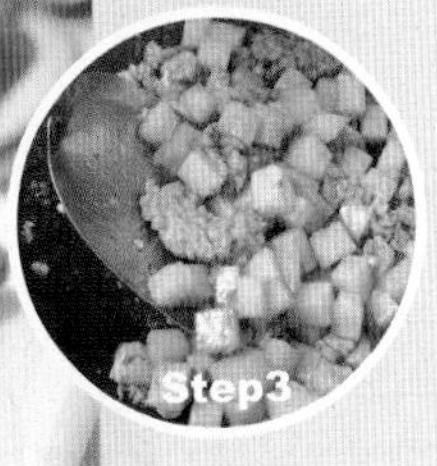

3. 放入炸好的土豆丁，翻拌均匀，用水淀粉勾芡，淋明油，出锅装盘即可。

健康有道

土豆宜去皮吃，有芽眼的部分应挖去，以免中毒。切开后的土豆容易氧化变黑，属正常现象，不会造成危害。

 一般人均可食用。适宜糖尿病、癌症、痱子患者食用；脾胃虚寒及腹痛、腹泻者不宜食苦瓜。

清炒苦瓜

QINGCHAO KUGUA

营养功效

苦瓜中的维生素B_1含量之高堪称瓜类之首。其功效主要是清心明目、益气壮阳、滋阴降火、养血滋肝、润脾补肾、清火消暑。

健康有道

苦瓜一次不要吃得过多。苦瓜与鸡蛋同食能保护骨骼、牙齿及血管，使铁质吸收得更好，有健胃的功效，能治疗胃气痛、眼痛、感冒、伤寒和小儿腹泻呕吐等。

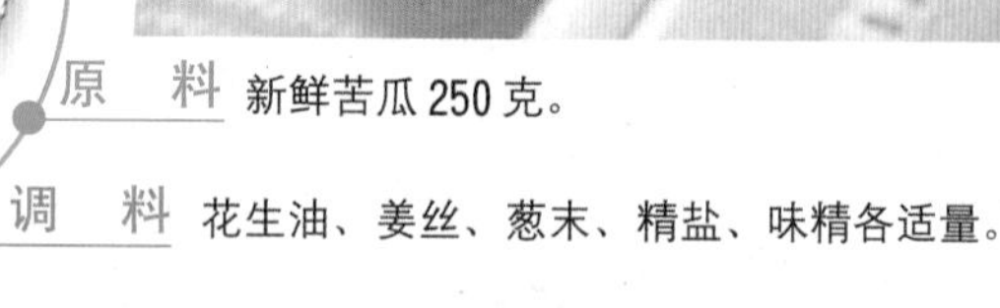

原　料　新鲜苦瓜250克。

调　料　花生油、姜丝、葱末、精盐、味精各适量。

制作过程 ZHIZUO GUOCHENG

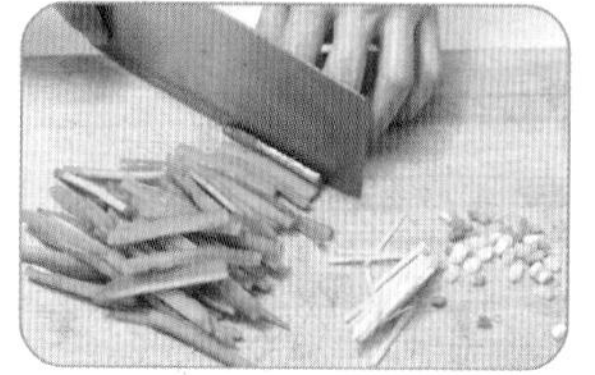

1. 将新鲜苦瓜洗净，去籽、瓤，切成细丝。

2. 将适量的花生油烧热，加入适量姜丝、葱末，略爆一下。

3. 随即投入苦瓜丝爆炒片刻，加精盐、味精略炒即成。

醋熘白菜

饮食宜忌 一般人均可食用。肺寒咳嗽者忌食。

原 料：大白菜500克，胡萝卜50克。

调 料：食用油2大匙，镇江陈醋1大匙，白糖1/2大匙，精盐1/3小匙，味精1/4小匙，姜丝少许，水淀粉适量。

大白菜性温，味甘，无毒，含有蛋白质、脂肪、糖类、维生素、胡萝卜素、膳食纤维、钙、磷、铁、铜、锌、锰、钼、硒等。有清热解毒、消肿止痛、调和肠胃、通利大小二便等功效。

制作过程

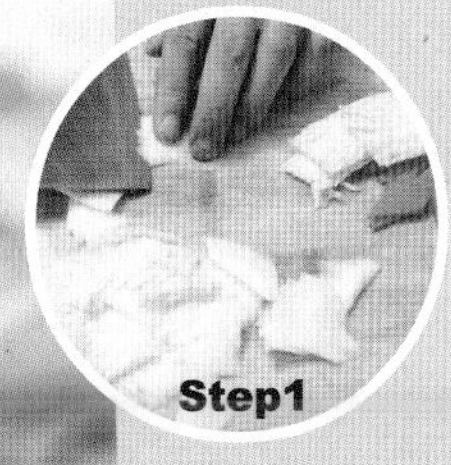

1. 大白菜洗净去叶，抹刀切成薄片，下入沸水中焯烫透，捞出投凉，沥净水分。胡萝卜洗净，切成“象眼片”，焯水，捞出沥净水分备用。

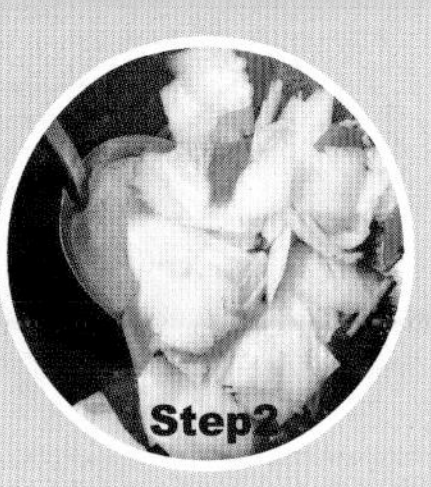

2. 炒锅上火烧热，加适量底油，用姜丝炝锅，放入白菜片、胡萝卜片煸炒。

3. 烹白醋，加白糖、精盐、味精，用水淀粉勾芡，淋明油，出锅装盘即可。

秋冬季节空气特别干燥，寒风对人的皮肤伤害极大。大白菜中含有丰富的维生素C、维生素E，多吃可以起到很好的护肤和养颜效果。

饮食宜忌 一般人均可食用。黄瓜性凉，慢性支气管炎、结肠炎、胃溃疡病等属虚寒者少食为妥；便溏泻者忌食生黄瓜。

炒黄瓜酱

CHAO HUANGGUAJIANG

营养功效 黄瓜性凉，味甘，含有多种矿物质和微量元素。具有清热止渴、利水消肿、泻火解毒之功效，可防治动脉硬化。

健康有道 选用新鲜的黄瓜，才能清香味浓。煸炒肉丁和黄瓜丁时，火力不宜过旺。

原　料 黄瓜250克，猪瘦肉150克。

调　料 食用油2大匙，酱油1大匙，甜面酱1/2大匙，味精…小匙，香油1小匙，葱末、姜末各少许，水淀粉适量。

制作过程 ZHIZUO GUOCHENG

1. 黄瓜洗净，切丁，用少许精盐腌渍10分钟，挤去水；猪瘦肉也切丁备用。

2. 炒锅上火烧热，加适量底油，放入肉丁煸炒至变色，加入葱末、姜末、甜面酱、酱油煸炒出酱香味。

3. 放入黄瓜丁翻炒，加味精，用水淀粉勾芡，淋香油，出锅装盘即可。

番茄炒鸡蛋

饮食宜忌 一般人均可食用。脾胃虚寒者及月经期间的妇女皆忌食生番茄；风湿性关节炎患者吃番茄可能使病情恶化。

原 料：番茄3个，小葱5根，鸡蛋1个。

调 料：油、盐适量，胡椒少许。

营养功效

番茄富含维生素、胡萝卜素、蛋白质、糖类和矿物质等。含有大量果酸，在烹调时可以保护维生素C不被破坏，所含矿物质和微量元素亦很丰富，因而其营养价值极高。具有清热生津、养阴凉血、生津止渴、健脾消食之功效。

制作过程

1. 每个番茄切6小块；小葱切成段，蛋液中加少许盐搅匀备用。

2. 将蛋液打入锅中，以大火炒至蛋半熟时加入葱段，略炒后起锅。

3. 将番茄放入热油锅快炒，盖锅焖片刻，加入炒蛋，以盐1/3小勺、胡椒调味。

健康有道

烹调时，不要久煮，稍加些醋，就能破坏其中的有害物质番茄碱。

炒土豆丝

CHAO TUDOUSI

饮食宜忌 一般人均可食用。因其含糖分较多，故糖尿病患者不可多食，如要食用则必须减少其他主食的分量；脾胃虚寒易腹泻者应少食。

土豆性平，味甘，微寒，无毒。具有和中、养胃、利温消湿、健脾益气、解毒等功效。对大便燥结、热性胃痛、湿疹、急慢性皮肤病等病症具有一定的疗效。

人们经常把切好的土豆片、土豆丝放入水中，去掉太多的淀粉以便烹调。但注意不要泡得太久，否则会致使水溶性维生素等营养的流失。

原　料 土豆2个（约250克）。

调　料 花生油、酱油、盐、米醋、葱、花椒各少许。

制作过程 ZHIZUO GUOCHENG

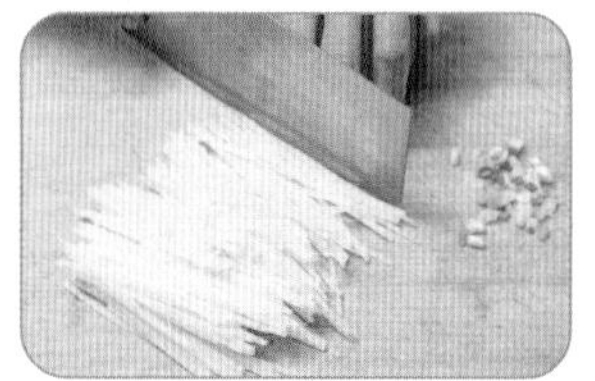

1. 土豆去皮，洗净，切成细丝，放于清水中浸10分钟，洗去淀粉，清爽为止。

2. 将炒锅置火上，放油和花椒烧热，再下葱花略炸。

3. 放入土豆丝，炒拌均匀约5分钟，土豆丝快熟时放入酱油、米醋、盐，略炒一下出锅。

红烧猪脚

饮食宜忌 猪蹄油脂较多，动脉硬化、高血压等患者少食为宜。特别适宜妇女产后乳汁不足时食用。

原 料：猪脚500克，番茄150克，生姜8片。

调 料：豆油50毫升，酱油、盐、红糖、生粉适量，花椒、八角、葱段、酒各少许。

营养功效

猪蹄又名猪脚、猪手。性平，味甘、咸，含有较多的蛋白质、脂肪和碳水化合物，并含有钙、镁、磷、铁及维生素A、维生素B_1、维生素B_2、维生素C、维生素D、维生素E、维生素K等成分。具有健脾益气、强骨和中、通乳增汁之功效。

制作过程

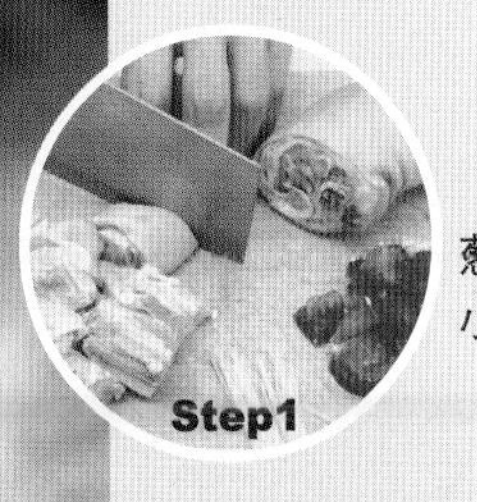

1. 猪脚切块，以葱、花椒、姜、酒腌渍，小番茄切丁。

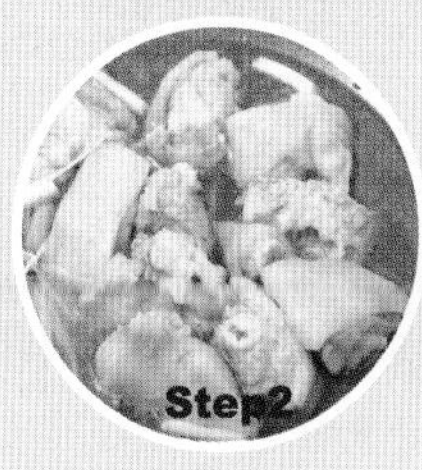

2. 锅内加油，用大火烧热，放入猪脚块炒片刻，加入清水、花椒、八角，待烧开后，用中火烧10～20分钟。

3. 放入酱油、盐、生粉及番茄，烧10分钟即可。

健康有道

猪脚对治皮肤干瘪起皱、增强皮肤弹性和韧性、延缓衰老和促进儿童生长发育都具有特殊意义。为此，人们把它称为“美容食品”和“类似于熊掌的美味佳肴”。

饮食宜忌 一般人均可食用。鱿鱼性寒，脾胃虚寒的人应少吃；鱿鱼是发物，患有湿疹、荨麻疹等疾病的人忌食。

快炒鱿片

KUAICHAO YOUPIAN

营养功效

鱿鱼中含有丰富的钙、磷、铁元素，对骨骼发育和造血十分有益，可预防贫血。其含的多肽和硒等微量元素有抗病毒、抗射线作用。鱿鱼有滋阴养胃、补虚润肤的功能。

健康有道

鱿鱼须煮熟透后再食，皆因鲜鱿鱼中有一种多肽成分，若未煮透就食用，会导致肠运动失调。

原　料 水发鱿鱼1条，青蒜2根，红辣椒1根，姜3片。

调　料 绍酒15毫升，白糖1/3小匙，精盐1/2小匙，淡色酱油30毫升，香油适量。

制作过程 ZHIZUO GUOCHENG

1. 青蒜洗净，与红辣椒同切斜片；鱿鱼撕去表面皮膜，洗净，由内面斜切交叉刀绞，再切块。

2. 锅中倒油烧热，炒香蒜片、红辣椒、姜片，放入调料及鱿鱼炒匀，起锅前再放入青蒜叶，即可盛盘端出。

3. 放人土豆丝，炒拌均匀约5分钟，快熟时放入酱油，米醋、盐，略炒一下出锅。

酸菜藕片

饮食宜忌 一般人均可食用。凡脾胃虚寒、便溏腹泻及妇女寒性痛经者均忌食生藕；胃、十二指肠溃疡者少食。

原　料：嫩藕400克，酸菜100克。

调　料：豆油、盐、鸡粉适量，葱末、姜末各少许。

营养功效

莲藕含有蛋白质、脂肪、糖类、膳食纤维、钙、磷、铁及多种维生素，尤以维生素C的含量较高。能清热生津，凉血止血，消散淤血。

熟藕性温，味甘。能养心生血，补益脾胃，补虚止泻。

制作过程

1. 将藕去节、削皮洗净，切成小片；将酸菜浸泡干净，切成酸菜末待用。

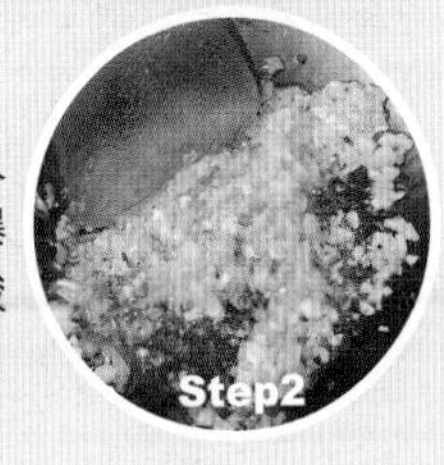

2. 炒锅倒入适量豆油烧热，爆香葱、姜末，倒入酸菜末，炒3分钟。

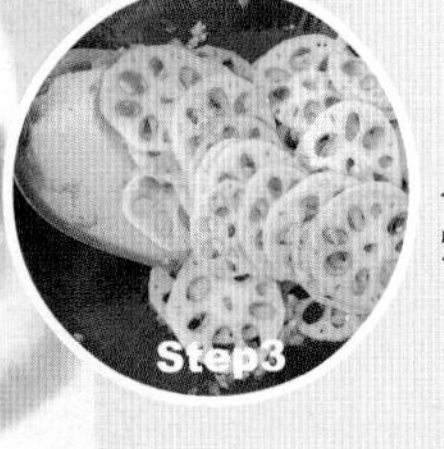

3. 下藕片同炒，加入鸡粉、盐和少许水翻炒均匀，藕片熟后调味出锅即可。

健康有道

藕经过煮熟以后，性由凉变温，失去了消淤清热的性能，而变为对脾胃有益，有养胃滋阴、益血、止泻的功效。

饮食宜忌 雪菜味美和胃，人人皆可食。

雪菜毛豆鸡丁

XUECAI MAODOU JIDING

营养功效

雪菜富含胡萝卜素和多种维生素，能增进食欲、帮助消化。入口清香鲜嫩，咸辣醒胃，为下饭佐酒之佳肴。

健康有道

雪菜本身即是腌渍品，所以调味时一定要注意酱油的用量，以免菜肴过咸。

原　料 鸡肉100克，雪里蕻40克，毛豆仁15克，红辣椒1个。

调　料 淀粉1大匙，鸡精1/2小匙，酱油30毫升，绍酒8毫升。

制作过程 ZHIZUO GUOCHENG

1. 雪里蕻洗净，切末；毛豆仁去皮，洗净；红辣椒去蒂，洗净，切末备用。

2. 鸡肉洗净，切丁，放入碗中加酱油、淀粉拌匀，腌15分钟。

3. 锅中倒油，烧热，依序放入红辣椒、毛豆仁炒香，加入鸡肉丁及雪里蕻炒熟，再加入鸡精、绍酒炒匀即可。

酱烧冬瓜条

饮食宜忌 一般人均可食用，特别适宜患有肾脏病、糖尿病、高血压、冠心病的人。

原 料：冬瓜250克。

调 料：糖1汤匙，酱油、葱、盐、水淀粉、鸡粉各适量。

冬瓜除含水分外，还具有较高的营养价值。冬瓜中维生素C的含量较高，还含有丙醇二酸，对防止人体发胖、增进形体和健美有重要作用。其不含脂肪，含钠量极低，有利尿排湿的功效，对肾炎水肿者有消肿作用。

制作过程

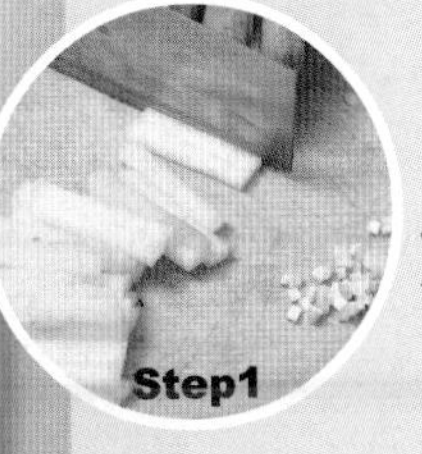

1. 将冬瓜削去外皮，去瓤、籽，洗净切成条待用。

2. 炒锅置旺火上，放油3汤匙烧至六成热，下葱末爆香，倒入冬瓜条炒至断生。

3. 加入盐、酱油、糖、鸡粉和少许清水，用旺火烧至熟烂，用水淀粉勾芡，炒匀即可出锅。

成熟的冬瓜，表皮带白霜，无绒毛，敲打时声音厚实。冬瓜体形较大，一般切块购买，宜挑选肉质厚实的，如果切面已变色就不要买了。

饮食宜忌 一般人均可食用；老年人忌食；胃和十二指肠溃疡患者禁食。

菜花炒咸肉

CAIHUA CHAO XIANROU

营养功效

咸肉中磷、钾、钠的含量丰富，还含有脂肪、蛋白质等元素；咸肉具有开胃祛寒、消食等功效。

健康有道

清水漂洗咸肉并不能达到退盐的目的，如果用盐水来漂洗（只是所用盐水浓度要低于咸肉中所含盐分的浓度），漂洗几次，咸肉中所含的盐分就会逐渐溶解在盐水中，最后用淡盐水清洗一下就可烹制了。

原 料 嫩菜花250克，咸肉80克，蒜蓉少许。

调 料 黄酒、鲜汤、白糖、味精、精制植物油各适量。

制作过程 ZHIZUO GUOCHENG

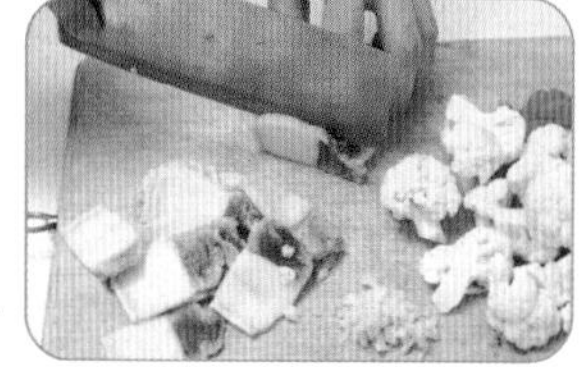

1. 将嫩菜花洗净，择成小朵，咸肉切成片。

2. 将菜花和咸肉分别放入沸水锅中焯熟，捞起控干水分。

3. 炒锅上火，放油烧热，下蒜蓉、咸肉炒香，然后加入菜花、白糖、鲜汤，烧沸片刻即成。

桃仁莴笋

饮食宜忌 一般人均可食用。凡阴虚火旺、鼻出血、咯血等患者忌食；因其能滑肠通便，故便溏腹泻者亦忌食。

原 料：莴笋300克，净核桃仁、胡萝卜各50克，蒜蓉少许。

调 料：精盐、鸡精、香油各适量。

营养功效

核桃含有蛋白质、脂肪、糖类、钙、磷、铁、钾、铬、镁、锌、锰、胡萝卜素、维生素B_1、B_2、维生素E、烟酸等营养成分，是一种营养极其丰富的高级滋补品。具有补肾固精、温肺定喘、补脑益智、养血益气、润肠通便、排除结石之功效。

制作过程

1. 将莴笋去皮洗净，切成片，胡萝卜去皮切成片。

2. 锅内放油烧滚，投入核桃仁炸一下，捞出。

3. 烧锅下油，以蒜蓉爆香，投入莴笋片、胡萝卜片翻炒，加入精盐、香油、鸡精，最后加入核桃仁炒匀即可。

健康有道

注意在烹饪中，焯莴笋的时间不宜过长，否则容易变色。

饮食宜忌 一般人均可食用。孕妇、儿童不宜食用。白果中含微量氢氰酸，不宜过量食用，每次食10克左右。

生炒松花

SHENGCHAO SONGHUA

营养功效

白果具有敛肺定喘、燥湿止带、益肾固精、镇咳解毒等功效。经常食用可扩张血管，促进血液循环，使人肌肤红润，精神焕发。

使用白果切不可过量。服食白果制成的食品也应注意。白果的外种皮有毒，能刺激皮肤引起接触性皮炎、发疱。有人接触还会出现过敏性皮炎。

原　料 皮蛋4个，白果8克，香菇2朵，青椒、红辣椒各1个。

调　料 淀粉100克，鸡精1/3大匙，绍酒1/4大匙，水1大匙。

制作过程 ZHIZUO GUOCHENG

1. 香菇泡软、去蒂；青椒、红辣椒洗净、去蒂及籽，均切块；白果洗净；皮蛋去壳，切成4瓣，均匀沾裹淀粉备用。

2. 锅中倒油烧热，放入皮蛋，炸至酥脆呈金黄色捞出，沥干油分备用。

3. 锅中留油烧热，放入白果、香菇、青椒，加入红辣椒、鸡精、绍酒和水炒热，再加入皮蛋炒匀，即可盛出。

香辣土豆块

饮食宜忌 一般人均可食用。糖尿病患者应少食。

原 料：土豆500克，干红辣椒50克，食用油1000克(约耗75克)。

调 料：白醋1/2大匙，精盐1/2小匙，味精1/3小匙，葱花、姜末各少许。

营养功效

马铃薯俗称土豆，性平，味甘，微寒无毒。含有蛋白质、脂肪、糖类、膳食纤维、B族维生素与维生素C等，还含有钾、钙、磷、铁等矿物质。具有和中、养胃、利温消湿、健脾益气、解毒等功效。

制作过程

1. 土豆洗净去皮，切成“滚刀块”；干红辣椒去蒂及籽，切小段，洗净泡软备用。

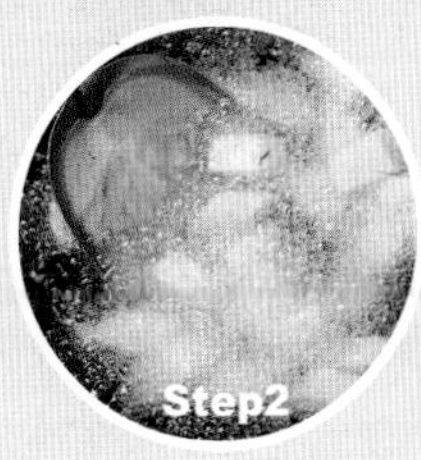

2. 油锅上火烧至七成热，下入土豆块炸至熟透，直至呈金黄色时倒入漏勺。

3. 炒锅上火烧热，加少许底油，用姜末炝锅，下入红辣椒煸炒，出红油后再放入土豆块，烹白醋，添汤，加精盐，味精翻炒均匀，撒葱花出锅即可。

健康有道

干红辣椒用清水泡软才能煸炒，否则易煳。

饮食宜忌 一般人均可食用，气滞腹胀者应忌食豆角。

红焖豆角

HONGMEN DOUJIAO

营养功效

豆角含有蛋白质、脂肪、糖类、钙、磷、铁、膳食纤维、B族维生素及烟酸等营养成分。具有调中益气、健脾补肾之功效。对泌尿系统的一切疾病都具有一定的疗效。

健康有道

豆角不宜烹调过长时间，以免造成营养损失。一次不要吃太多，以免产气胀肚。

原　料 豆角250克，猪瘦肉150克，食用油750克（约耗50克）。

调　料 酱油1大匙，味精1/3小匙，葱片、姜末、蒜片各少许，水淀粉适量。

制作过程 ZHIZUO GUOCHENG

1. 豆角去筋洗净切段，猪瘦肉切薄片。

2. 炒锅上火烧热，加适量油，油温七成热时，下入豆角炸至半熟，倒入漏勺。

3. 原锅留少许底油，用葱、姜、蒜炝锅，放入肉片煸炒至变色，再放入豆角，加调料，微火焖至熟烂，转旺火，

滑熘鸡片

饮食宜忌 一般人均可食用。患外感病发热、火郁痰湿、高脂血症等患者忌食鸡肉。

原 料： 鸡脯肉250克，青瓜2条，鸡蛋清1个，食用油500毫升（约耗60毫升）。

调 料： 味精1/3小匙，绍酒、香油、姜汁各1小匙，葱、蒜片各少许，淀粉、鲜汤各适量。

营养功效

鸡肉蛋白质的含量较高，种类多，而且消化率高，很容易被人体吸收利用，有增强体力、强壮身体的作用。鸡肉对营养不良、畏寒怕冷、乏力疲劳、月经不调、贫血、虚弱等有很好的食疗作用。鸡肉有温中益气、补虚填精、健脾胃、活血脉、强筋骨的功效。

制作过程

1. 鸡脯肉洗净，切成片状；黄瓜洗净切片；小碗中放入精盐、味精、姜汁、鲜汤、淀粉，调成白色芡汁备用。

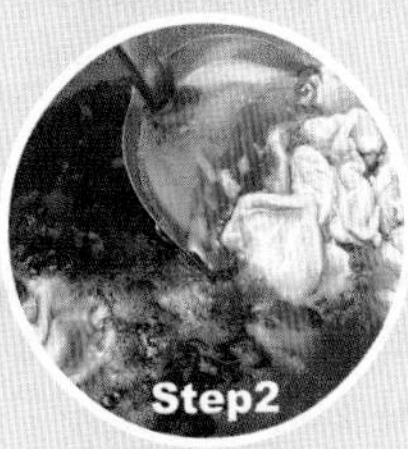

2. 将鸡片放入碗内，加精盐、味精、蛋清、淀粉浆拌均匀，再下入四成热油中，滑散滑透，倒入漏勺。

3. 炒锅上火烧热，加少许底油，用葱、蒜片炝锅，烹绍酒，放入黄瓜片煸炒片刻，再放入鸡片，泼入调好的芡汁，翻熘均匀，淋香油，出锅装盘即可。

炸鸡前往鸡肉里撒盐，一定要撒足，如果炒鸡的时候再加盐，盐味是进不了鸡肉的，因为鸡肉的外壳已经被炸干，质地比较紧密，盐只能附着在鸡肉的表面，从而影响味道。

饮食宜忌 一般人均可食用。脾胃虚弱者不宜多食，以免引起消化不良。

什锦豌豆
SHIJIN WANDOU

营养功效

豌豆性平，味甘，其中维生素C的含量高，还含有粗纤维、维生素A、B_1、B_2、烟酸等，有和中、下气、利水、通乳的功效。

健康有道

豌豆与富含氨基酸的食物一起烹调，可以提高豌豆的营养价值。

豌豆适量，淡煮常吃，用于消渴；豌豆、羊肉各适量，炖吃，用于气血虚弱。

原料 鲜豌豆200克，胡萝卜、荸荠、黄瓜、土豆、水发木耳、豆腐干各50克。

调料 葱末、姜末、精盐、绍酒、味精、白糖、水淀粉、用油、清汤各适量。

制作过程 ZHIZUO GUOCHENG

1. 鲜豌豆洗净切丁；胡萝卜、荸荠、黄瓜、土豆、豆腐干均洗净，切丁；木耳撕片，用开水焯后过凉水备用。

2. 炒锅上火烧热，加适量底油，下葱末、姜末煸炒出香味，再放入鲜豌豆及各种原料同炒。

3. 加绍酒、精盐、味精、白糖及清汤，锅开后用水淀粉勾芡，淋明油，出锅装盘即可。

葱花炒花蟹

饮食宜忌 一般人均可食用。螃蟹性寒，凡脾胃虚寒、便溏腹泻、妇女痛经等患者忌食。

原 料：花蟹约250克，姜片、葱段各20克。

调 料：猪油、蒜泥、食盐、味精、白糖、酱油、水淀粉、香油、绍酒、胡椒粉各适量。

营养功效

蟹肉中含十余种游离氨基酸，其中谷氨酸、甘氨酸、精氨酸、丙氨酸、脯氨酸、组氨酸量较多。此外，铁的含量比一般鱼类高出5~10倍，具有较高的药用价值；具有清热、散淤血、通经络等作用。

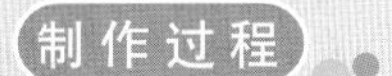

制作过程

1. 花蟹宰杀后，揭去蟹盖，刮掉鳃，剁去螯，再用刀拍破蟹壳，然后将每个半身蟹身再各切成四块，每块各带一爪，待用。

2. 炒锅用旺火烧热，下猪油，烧至六成熟，下入花蟹，浸至熟，捞起。

3. 炒锅内略留油，爆炒姜片、葱段、蒜泥，待出香味时，下蟹块炒匀；依次放入调料，加盖略烧，至锅内水将干时，下猪油、香油、胡椒粉等炒匀，用水淀粉勾芡，便可出锅。

健康有道

蟹不能与下列食物同食：柿子、梨、花生、泥鳅、香瓜、冰饮。

吃蟹还应注意：吃死蟹会中毒、煮熟隔夜的螃蟹少吃、生吃螃蟹不安全、吃蒸煮的蟹最安全。

饮食宜忌 一般人均可食用。凡脾胃虚寒及顽固性皮肤瘙痒症患者，当少食或不食鲜菇。

蚝油鲜菇

HAOYOU XIANGU

营养功效

鲜菇味甘，性微寒。入肴配菜，味道鲜美，营养丰富，常食有健脑养神、抗菌消炎、降低血糖、增强抵抗力、防癌等多种功效。

健康有道

蘑菇中毒的预防最主要的一点是不吃未知是否有毒的蘑菇。专家建议：野菇鉴别不易，不宜采食。如出现不良反应要及时到医院治疗。

原　料 鲜菇500克，菜心、葱少许。

调　料 酱油3茶匙，蚝油20毫升，料酒、湿淀粉、精盐各茶匙，味精适量，清汤半杯，胡椒粉1茶匙。

制作过程 ZHIZUO GUOCHENG

1. 将鲜菇洗净，在近蒂处轻切几刀，菜心切整齐，葱切段。

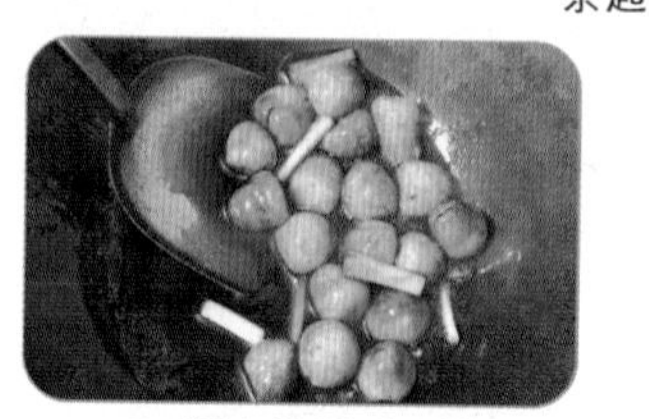

2. 锅内放蚝油，烧二成热时下鲜菇、料酒、葱段、蚝油、清汤，烧片刻，放入调料，用湿淀粉勾芡，撒上胡椒粉。

3. 另锅内加水烧滚，投入菜心烫熟捞出围在鲜菇周围即可。

洋葱牛肉

饮食宜忌 患皮肤病者不宜食牛肉；肝炎、肾炎等患者亦应慎食；外感时邪或内有积热、疾火、痈疽患者忌食牛肉。

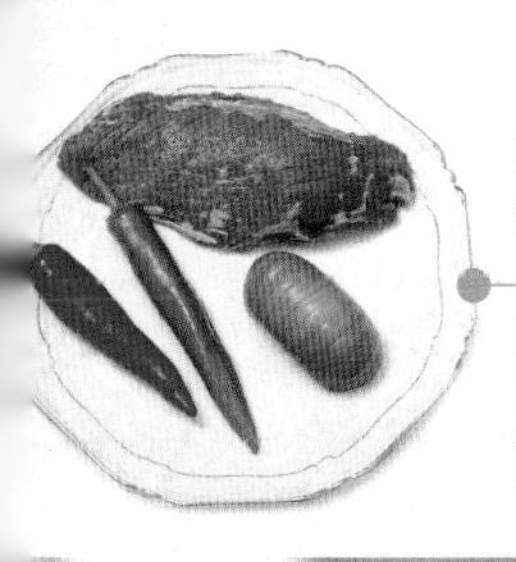

原 料： 牛里脊肉450克，洋葱1/2个，青、红椒各1个。

调 料： 辣椒油、黑醋、白糖各1大匙，精盐1小匙。

牛肉含有丰富的蛋白质和氨基酸，能提高机体的抗病能力，对生长发育及手术后、病后调养的人在补充失血、修复组织等方面物别适宜。寒冬食牛肉，有暖胃作用，为寒冬补益佳品。中医认为，牛肉有补中益气、滋养脾胃、强健筋骨、化痰息风、止渴止涎的功效。

制作过程

1. 牛里脊肉切片；洋葱去皮切丝；青、红椒洗净切丝；然后将洋葱和椒丝放入锅中煸炒至熟，捞起。

2. 锅中加半锅水烧开，放牛肉片煮至肉色变白，立即捞出浸入凉开水中，待凉捞出沥干，放在洋葱上。

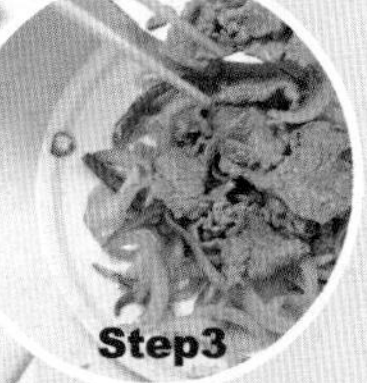

3. 食用前将辣椒油、黑醋、白糖、精盐放入小碗中调匀，淋在牛肉上即可。

健康有道

煮牛肉时，将水烧开后再下牛肉，不仅能使牛肉保存大量的营养成分，而且味道也会特别香。

饮食宜忌 一般人均可食用。虾为发物，急性炎症和皮肤疥癣及体质过敏者忌食。

彩色虾球

CAISE XIAQIU

营养功效 虾肉具有补肾壮阳、填精通乳之功效，可以治疗阳痿、乳汁不通等症。凡虾类皆可补钙，尤以虾皮补钙效果为佳。

健康有道 虾若与含有鞣酸的水果，如柿子、山楂、石榴、葡萄等同吃，不仅会降低蛋白质的营养价值，而且会刺激胃肠，引起不适，出现呕吐、头晕、腹泻腹痛等症状。所以与上述水果同吃，至少要间隔2个小时。

原　料 虾仁300克，姜、葱、小黄瓜、胡萝卜各适量。

调　料 精盐1/2小匙，绍酒1大匙，淀粉1小匙，香油适量

制作过程 ZHIZUO GUOCHENG

1. 小黄瓜洗净切丁；胡萝卜取尾段，去皮，切丁备用；姜切片；葱切段。

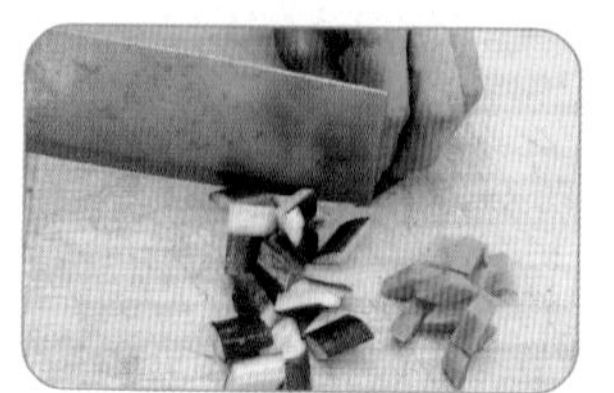

2. 虾仁挑除肠泥，用精盐抓洗干净，擦干水分，再用精盐、绍酒、淀粉抓拌均匀，7~8分钟后入味。

3. 锅中倒油烧热，放入虾仁、姜片、葱段翻炒至九分熟，再放入小黄瓜，加精盐、香油炒匀，即可出锅。

海米烧菜花

饮食宜忌　一般人均可食用，过敏症患者不宜食用。

原　料：新鲜菜花400克，海米20克。

调　料：葱段50克，水淀粉1茶匙，绍酒1/2茶匙，盐、鸡粉、蚝油各适量。

海米又名金钩、开洋，营养成分很高，含有丰富的蛋白质、脂肪、碳水化合物，以及多种维生素、钙、磷、铁、碘等。海米性温，味甘，具有健胃化痰、壮阳补肾等作用，对肾虚脾弱、筋骨疼痛等症有食疗作用。

制作过程

1. 菜花洗净，掰成小块；海米洗干净。

2. 将菜花放入开水锅中烫至断生，捞出用凉水过凉，捞出沥干水分待用。

3. 炒锅置中火上，加油，烧至温热，下葱段炸至金黄色捞出不要；随后烹入绍酒，加入约4汤匙水和少许鸡粉，下调味料烧至入味，用水淀粉勾芡出锅。

健康有道

此菜中的水淀粉勾的是稀芡；可切适量火腿末，待菜花出锅后撒在上面，好吃又好看。

饮食宜忌 一般人均可食用。

营养功效

豌豆苗含有丰富的维生素C，还有能分解体内亚硝胺的酶，可以分解亚硝胺，具有抗癌防癌的作用。含有较为丰富的纤维素，可防止便秘，有清肠的作用。

健康有道

豌豆苗是燥热季节的清凉食品，对清除体内积热有一定的功效。将豆苗磨碎涂在皮肤上，即可去掉肌肤上的油脂，使肌肤光滑，又可防止晒黑。

豆苗鸡片

DOUMIAO JIPIAN

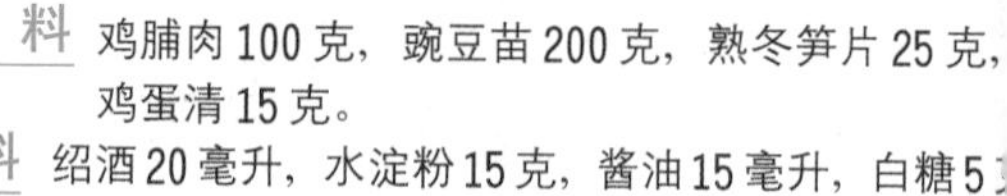

原料 鸡脯肉100克，豌豆苗200克，熟冬笋片25克，鸡蛋清15克。

调料 绍酒20毫升，水淀粉15克，酱油15毫升，白糖5
芝麻油、花生油各10毫升，香醋、盐、味精少许。

◎ 制作过程 ZHIZUO GUOCHENG

1. 将鸡脯肉筋膜剔除，切柳叶形片，加精盐、绍酒、鸡蛋清、水淀粉搅匀，再加芝麻油拌匀。

2. 炒锅上火烧热，放入花生油烧至四成热时，投入鸡片，至鸡片呈乳白色时倒入漏勺沥油。

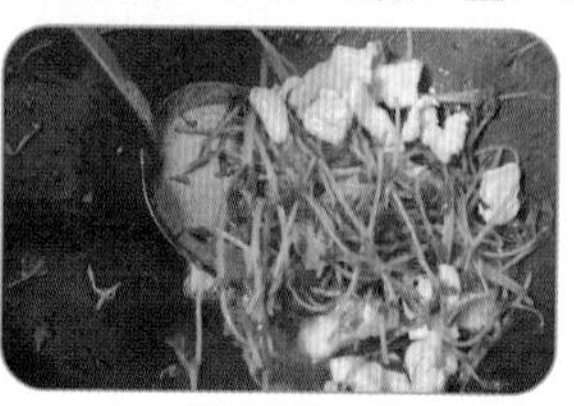

3. 炒锅再次上火，放油，投入冬笋片、豌豆苗煸炒，加调料，用水淀粉勾芡，随即倒入鸡片，烹入香醋，淋入芝麻油，翻锅装盘

干烧鲳鱼

饮食宜忌 一般人均可食用，尤其是消化不良、脾虚、贫血、筋骨酸痛者宜多食。

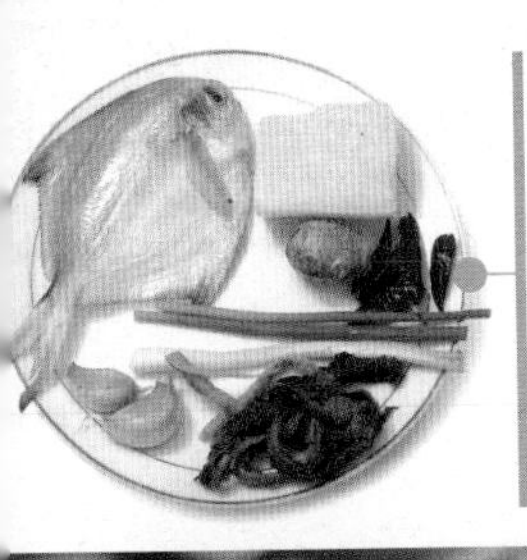

原 料：鲜鲳鱼1尾（约750 克），雪里蕻、冬笋各15克，干辣椒、葱姜末各8克，蒜末4克。

调 料：酱油35毫升，熟猪油适量，清汤250毫升，白糖30克，味精、精盐、绍酒、香油各少许。

营养功效

鲳鱼在宁波沿海海域四季都有，而以每年立夏以后为多。因刺软而少、肉味鲜美，多得老人和儿童的喜爱。鲳鱼富含蛋白质及其他多种营养成分，具有益气养血、柔筋利骨之功效。

制作过程

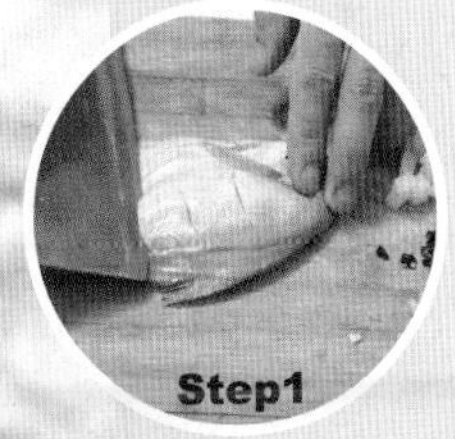

1. 鲳鱼去净鳃，内脏洗净，在鱼的两面以0.6厘米的刀距剞上柳叶花刀，抹匀酱油；冬笋、雪里蕻、干辣椒均切成小丁。

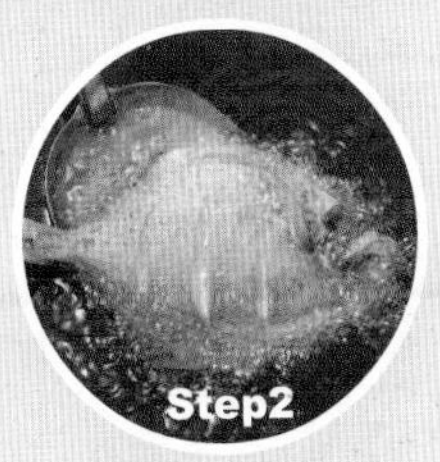

2. 锅内放油，烧至九成热时下鱼炸五成热，呈枣红色时捞出，控净油。

3. 起锅烧热，下入绍酒、葱姜末、蒜末、冬笋丁、雪里蕻丁、辣椒丁煸炒几下，随即加调料烧沸，放入鱼，用微火烧至汁浓时，将鱼捞出放盘内。余汁加味精、香油搅匀，浇鱼上即成。

健康有道

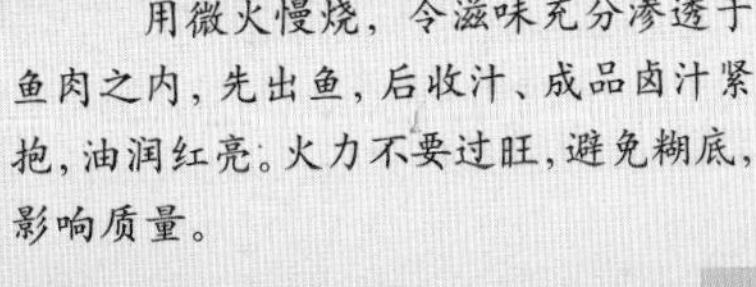

用微火慢烧，令滋味充分渗透于鱼肉之内，先出鱼，后收汁、成品卤汁紧抱，油润红亮。火力不要过旺，避免糊底，影响质量。

饮食宜忌 一般人都可食用。妇女白带异常者、皮肤瘙痒、急性肠炎者更适合食用；脾胃虚寒者应少食。

酱焖四季豆

JIANGMEN SIJIDOU

营养功效

四季豆的钠含量低，是心脏病、高血压、肾炎患者的理想蔬菜。具有健脾和中、清暑化湿之功效。经常食用能健脾胃、增进食欲。

健康有道

四季豆的烹煮时间宜长不宜短，要保证熟透。食用时若没有熟透，会发生中毒。为防止中毒发生，食用前可用沸水焯透或热油煸，直至变色熟透，方可安全食用。

原　料 四季豆250克。

调　料 食用油、酱油、白糖、甜面酱、葱末、姜末、蒜片、味精各适量。

制作过程 ZHIZUO GUOCHENG

1. 将四季豆洗净，撕去老筋，对切成两段。

2. 炒锅上火倒油，放入四季豆，待油温升至三成热时，将浸炸好的四季豆捞出沥油。

3. 炒锅留少许油烧热，放入调料，煸出香味，下四季豆，加酱油、甜面酱、白糖及少量开水，旺火烧沸，再放味

肉末烧茄子

饮食宜忌　茄子性寒，凡体质虚弱及脾胃虚寒腹泻者不宜食用。

原 料：茄子500克，肉末100克，葱姜10克。

调 料：酱油25毫升，糖15克，绍酒、鸡粉适量。

营养功效

茄子含有蛋白质、脂肪、碳水化合物、钙、磷、铁、胡萝卜素、维生素B_1、B_2、烟酸、维生素P、维生素E，并含生物碱等营养成分。有清热凉血、活血祛淤、祛风通络、利尿、消肿等作用。

制作过程

1. 将茄子切成滚刀块；葱姜切末待用。

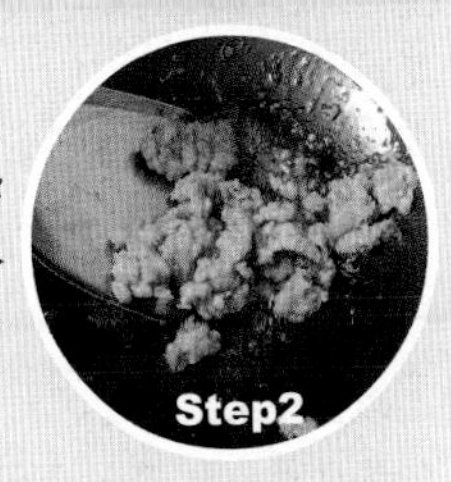

2. 油锅烧热放入少许油，放入肉末煸炒至变白，盛起待用。

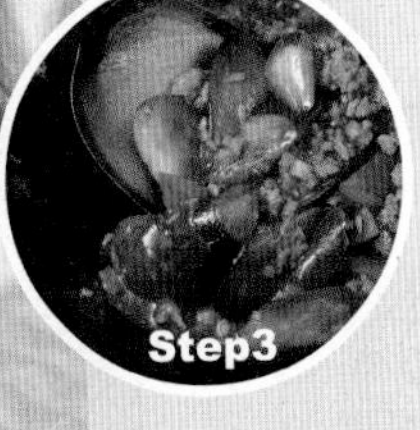

3. 锅烧热放油，待油热时放茄子，煸炒至茄子由硬变软时放入肉末、调料和少量水，盖上锅盖焖烧，放入适量鸡粉炒匀即可。

健康有道

炸茄子时，要用汁芡包住，保持炸好的茄子的颜色。并要掌握好火候，以免出现外焦内硬现象。

饮食宜忌 虾为发物，急性炎症和皮肤疥癣及体质过敏者忌食。

红烧虾米豆腐

HONGSHAO XIAMI DOUFU

营养功效 虾含蛋白质较高，并含脂肪、碳水化合物、钙、磷、铁、碘、硒、维生素A、B_1、B_2、烟酸，还含有丰富的抗衰老的维生素E等。具有补肾壮阳、填精通乳之功效。

健康有道 做豆腐时，焯水必须凉水下锅，开水取出，适量加点盐，才能除去豆腥味。

虾米处理时必须上笼蒸，蒸时加适量葱、姜、酒，可以去除腥味。

原　料 豆腐300克，虾米100克。

调　料 精盐、白糖、味精、香油、酱油、绍酒、葱、姜、蒜末、水淀粉各适量。

制作过程 ZHIZUO GUOCHENG

1. 豆腐切成方丁，放入汤碗内用浅水浸，虾米洗净后加入葱、姜、绍酒，上笼蒸10分钟捞出。

2. 炒锅加清水，放入豆腐和适量盐烧开后捞出。

3. 炒锅洗净，加花生油烧热，用葱、姜、蒜末炝锅，倒入豆腐、虾米、高汤调味，然后用水淀粉勾芡，淋香油起锅。

丝瓜干贝

饮食宜忌 一般人均可食用。脾胃虚寒和便溏、腹泻者忌食丝瓜。

原 料： 丝瓜600克，金针菇150克，干贝75克。

调 料： 葱2根，姜3片，精盐1/2大匙，水淀粉1大匙。

营养功效

丝瓜性凉，味甘，富含蛋白质、脂肪、碳水化合物、钙、磷、铁、胡萝卜素、B族维生素、烟酸、维生素C，以及皂苷、植物黏液，木糖胶等。具有清热化痰、凉血解毒、安胎通乳之功效。

制作过程

1. 丝瓜洗净，去皮切块；葱洗净切段；姜去皮切片备用；金针菇切除根部，洗净。

2. 干贝洗净，泡水3小时，放入碗中，加1杯水，移入蒸锅中蒸至熟软取出，沥干水分，以手撕成丝备用。

3. 锅中倒油烧热，放入葱、姜爆香，加丝瓜，以大火炒熟，再加水煮至丝瓜软烂，最后加入所有原料及精盐煮匀，淋入水淀粉勾芡即可。

健康有道

丝瓜汁水丰富，宜现切现做。烹制丝瓜时应注意尽量保持清淡，油要少用，可用味精或胡椒粉提味，这样才能显示丝瓜香嫩爽口的特点。

饮食宜忌 一般人均可食用。茭白因含较多草酸，其钙质不易被人体吸收，凡患肾脏病、尿路结石或尿中草酸盐类结晶较多者，不宜多食。

油焖茭白

YOUMEN JIAOBAI

营养功效

茭白是我国的特产蔬菜，内含丰富的蛋白质、糖类、B族维生素、微量胡萝卜素和矿物质等成分。可解热毒、除烦渴、利便，有清湿热、解毒、催乳汁等功效。

健康有道

茭白过油时要掌握好油温，焖制时要掌握好火候，以免影响菜肴口感。

原　料 茭白300克，洋葱半个，食用油750克（实耗50克）。

调　料 香油1/2大匙，精盐1/2小匙，味精1/3小匙，生抽白糖1小匙，水淀粉适量。

制作过程 ZHIZUO GUOCHENG

1. 茭白去皮洗净，切成块；洋葱切片。

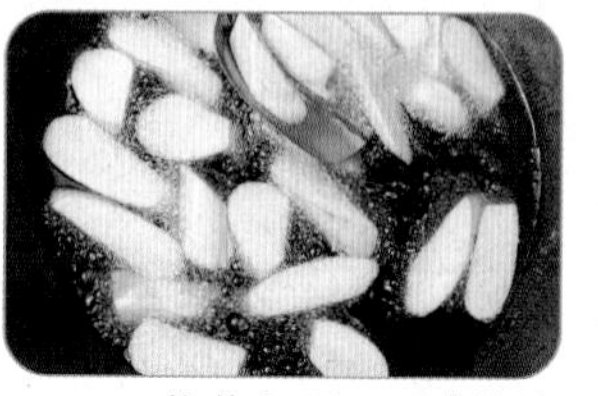

2. 将茭白下入五成热油中浸炸透，倒入漏勺，控净油分，备用。

3. 原锅留少许底油，用洋葱炝锅，添汤烧开，加入调料及茭白，转小火焖至入味。用水淀粉勾芡，淋香油，出锅

美味腐竹

饮食宜忌 腐竹的热量和其他豆制品比起来有些高，需要控制体重的人最好别经常吃腐竹。

原 料： 水发腐竹750克，净冬笋50克，辣椒2个。

调 料： 豆瓣酱、白糖各50克，葱15克，姜3克，白酒、芝麻油各25毫升，素汤500毫升，醋、酱油、盐、味精、菜籽油各适量。

营养功效

腐竹的营养价值高，每100克腐竹含有14克脂肪、25.2克蛋白质、48.5克糖类及其他的维生素和矿物质元素。是一种营养丰富又可以为人体提供均衡能量的优质豆制品。这种食品在运动前后吃，可以迅速补充能量，并提供肌肉生长所需要的蛋白质。

制作过程

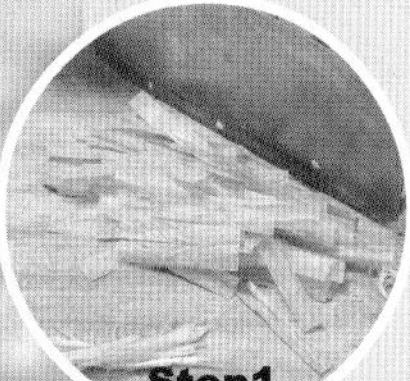

1. 腐竹切成粗丝，用开水氽透，捞出沥去水分；辣椒切成丝；冬笋切成粗丝；葱、姜切细丝；豆瓣酱剁成细泥。

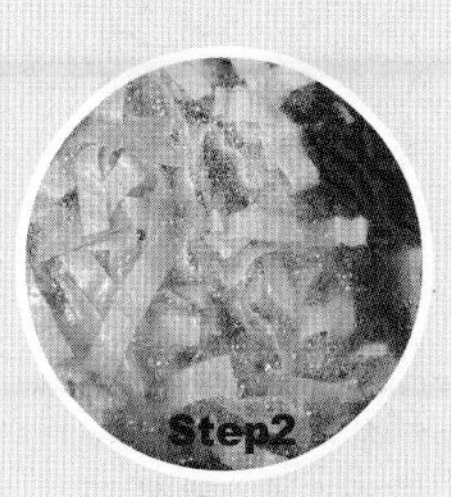

2. 炒锅置旺火上，加菜籽油，烧至七成热时，投入腐竹，炸至金黄色，倒入漏勺，沥净油。

3. 炒锅置旺火上，烧至六成热投入干辣椒丝、豆瓣酱、葱、姜煸出香味，油色变红时，加调料、腐竹丝、冬笋丝烧沸，烧至汤汁不多时起盖，移至旺火，边淋熟油至汁收浓，色红亮时炒匀出锅。

健康有道

腐竹用清水浸泡3～5小时即可发开。可荤、素、烧、炒、凉拌、汤食等，适于久放，但应放在干燥通风之处。过伏天的腐竹，要经阳光晒、凉风吹数次。

饮食宜忌 一般人均可食用。体内虚寒者应忌食冬瓜。

红烧冬瓜 HONGSHAO DONGGUA

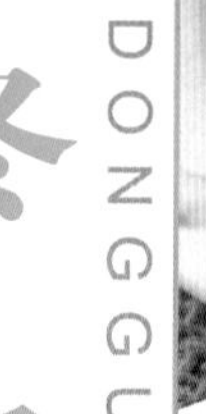

营养功效

冬瓜含有蛋白质、糖类、膳食纤维、钙、磷、铁、钾、胡萝卜素、维生素B_1、B_2、C、烟酸等物质。能清热化痰、除烦止渴、利尿消肿、减肥等功效。

健康有道

冬瓜去瓤,连皮洗净，切成薄片，入锅加水200毫升，煮约10分钟，去冬瓜取汤汁代茶饮服。经常饮服冬瓜汤，能起到利水消脂作用。

原　料 冬瓜300克，香菇10克，生姜、香葱各5克。

调　料 花生油20毫升，盐、味精、白糖、老抽各少许，水淀粉20克，鸡汤50毫升。

制作过程 ZHIZUO GUOCHENG

1. 冬瓜去皮、去籽，切大块，香菇、生姜切片，香葱切小段。

2. 烧锅下油，放入姜片、香菇、冬瓜，加入鸡汤、盐、味精、白糖、老抽。

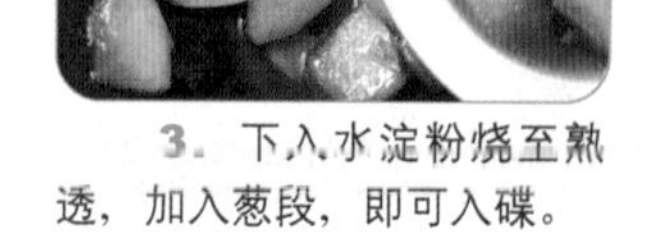

3. 下入水淀粉烧至熟透，加入葱段，即可入碟。

香辣绿豆芽

饮食宜忌 脾胃虚寒之人，不宜多食绿豆芽。绿豆芽中含有核黄素，口腔溃疡的人适合食用。

原 料： 绿豆芽300克，干红辣椒丝、葱花各少许。

调 料： 食用油1大匙，酱油、白醋各1小匙，精盐、味精各1/2小匙，花椒10粒，香油各少许。

绿豆芽含有丰富的营养成分，有维生素A、C、K、胡萝卜素、叶酸、泛酸、烟酸等维生素类营养素，还有钙、铁、磷、钾、钠、铜、镁、锌、硒等矿物质元素。并富含纤维素，是便秘患者的健康蔬菜，有预防消化道癌症的功效。

制作过程

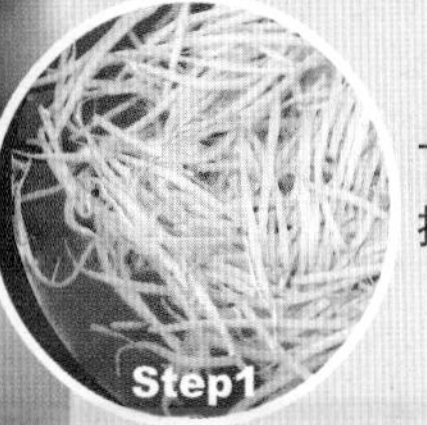

1. 绿豆芽择洗干净，下沸水中焯烫片刻，立即捞出，沥净水分备用。

2. 炒锅上火烧热，加少许底油，下花椒粒炸出香味，捞出不要，放葱丝炝锅，烹白醋，下绿豆芽、干红辣椒丝煸炒。

3. 片刻后，再加精盐、酱油、味精翻炒均匀，淋香油，撒上葱花，出锅装盘即可。

健康有道

绿豆芽是祛火去湿的家常蔬菜，血压偏高或血脂偏高，而且多嗜烟酒肥腻者，如果常吃绿豆芽，就可起到清肠胃、解热毒、洁牙齿的作用。

饮食宜忌 山野菜最受青睐，享有“山珍之王”的美誉。适宜跌打损伤、头晕失眠、高血压和慢性关节炎等人食用。

山野菜炒香菇

SHANYECAI CHAO XIANGGU

营养功效

山野菜亦菜亦药，具有很高的医疗价值，对高血压、冠心病、糖尿病、癌症有很好的疗效，能预防多种疾病。

健康有道

山野菜清洗要干净彻底。炒制时须旺火速成。

原　料 山野菜200克，香菇25克，青、红椒各15克。

调　料 上汤、浓缩鸡汁、葱、蒜蓉、绍酒、牛肉清汤粉、蚝油、罂粟粉各适量。

制作过程 ZHIZUO GUOCHENG

1. 山野菜洗净切段；青红椒去籽切成条；香菇泡发回软洗净备用。

2. 炒锅上火烧热，加少许底油，爆香葱、蒜蓉，烹绍酒，再倒入所有原料，添少许汤后调进牛肉清汤粉、蚝油，

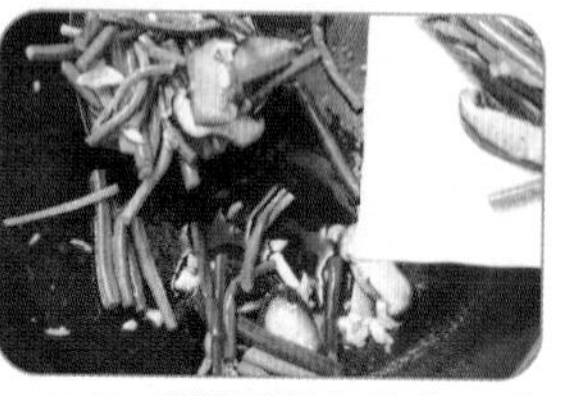

3. 用罂粟粉勾薄芡，淋明油，出锅装盘即可。

炒鲜芦笋

饮食宜忌 一般人均可食用。痛风病和糖尿病患者当少食或不食芦笋。

原 料：鲜芦笋300克。

调 料：食用油1大匙，精盐、味精各1/3小匙，葱油1小匙，蒜蓉少许，淀粉适量。

芦笋性凉，味甘。含有丰富的蛋白质和膳食纤维，还含有糖类、多种矿物质、多种维生素等。具有补虚、促消润肠、抗癌、减肥等功效。

制作过程

1. 将鲜芦笋洗净，抹刀切成3厘米长的段。

2. 将芦笋下入沸水中焯透，捞出投凉，沥净水分备用。

3. 炒锅上火烧热，加少许底油，用蒜蓉炝锅，添少许汤，加精盐、味精翻炒。再下入芦笋，翻炒均匀，勾薄芡，淋明油，出锅装盘即可。

健康有道

鲜芦笋焯水时间不宜过长。此菜须旺火速成。

饮食宜忌 一般人均可食用。脾胃虚寒、阴盛偏寒体质者不宜多食；胃及十二指肠溃疡、慢性胃炎、单纯甲状腺肿、先兆流产、子宫脱垂等患者少食。

鸡汁红烧萝卜

JIZHI HONGSHAO LUOBO

营养功效

萝卜含有蛋白质、脂肪、糖类、膳食纤维等物质，具有健胃消食、化痰止咳、顺气、利尿、清热、生津、解酒、抗癌等功效。

健康有道

白萝卜生吃可促进消化，除了助消化外，还有很强的消炎作用。白萝卜汁还有止咳作用。在玻璃瓶中倒入半杯糖水，再将切丝的白萝卜满满地置于瓶中，放一个晚上就可以有白萝卜汁。

原　料 白萝卜250克，鸡汤500毫升。

调　料 花椒油50克，酱油2汤匙，盐、绍酒、味精、红糖各适量，葱末、姜末共10克。

制作过程 ZHIZUO GUOCHENG

1. 白萝卜洗净，去皮，切成长3厘米，宽厚各1厘米的条块。

2. 炒锅中倒油，旺火加热，爆香葱末、姜末，将酱油、糖、绍酒、鸡汤、萝卜依次放入炒锅中炒匀。

3. 烧开后，改用文火烧至汤汁剩下一半时，加水淀粉、味精，淋入花椒油，炒匀出锅。

肉丝烧金针

饮食宜忌 一般人均可食用。尤其适合气血不足、营养不良的老人和儿童食用。

原 料： 猪外脊肉200克，水发金针菇300克。

调 料： 食用油2大匙，香油、绍酒各1大匙，白醋、酱油各1/2大匙，精盐、味精各1/3小匙，葱丝、姜丝各少许，水淀粉适量。

金针菇含有维生素B_1、B_2、E等营养，其锌的含量也较高。食用金针菇具有抵抗疲劳、抗菌消炎、清除重金属盐类物质、抗肿瘤的作用。对预防和治疗肝病及胃、肠道溃疡也有一定作用。

制作过程

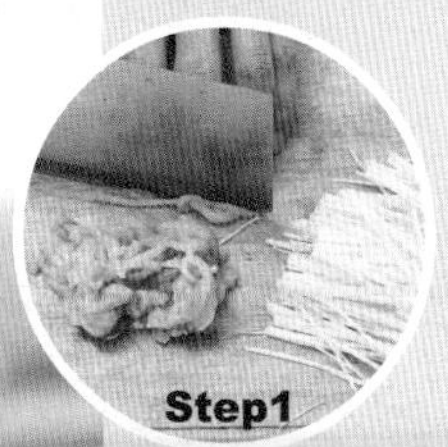

1. 猪肉切成丝；金针菇洗净切段。

2. 炒锅上火烧热，加适量底油，投入肉丝煸炒至变色，下葱丝、姜丝爆香，烹绍酒、白醋，加酱油，再下入金针菇。

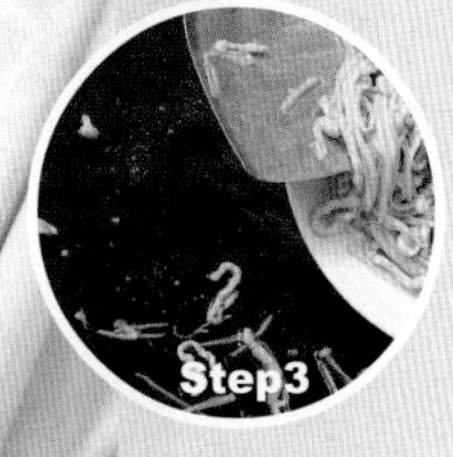

3. 翻炒片刻，添少许汤，加精盐、味精调味，用水淀粉勾薄芡，淋香油，出锅装盘。

健康有道

金针菇煸炒后，添少许汤，需煨制熟透，再调好口味。

饮食宜忌 一般人均可食用。患有瘙痒性皮炎、急性眼疾及狐臭等患者忌食洋葱。

炒洋葱头
CHAO YANGCONGTOU

营养功效 洋葱性温，味甘。有温肺化痰，解毒杀虫之功效。还能降血压、降血脂、降血糖，且具有抗癌作用，是一种多功能的保健蔬菜。

健康有道 不可过多食用洋葱。因为容易产生挥发性气体，过量食用会产生胀气和排气过多，给人造成不快。

原　料 洋葱头120克，青、红椒各1个。

调　料 食油、食盐、酱油适量，香醋、白糖少许。

制作过程 ZHIZUO GUOCHENG

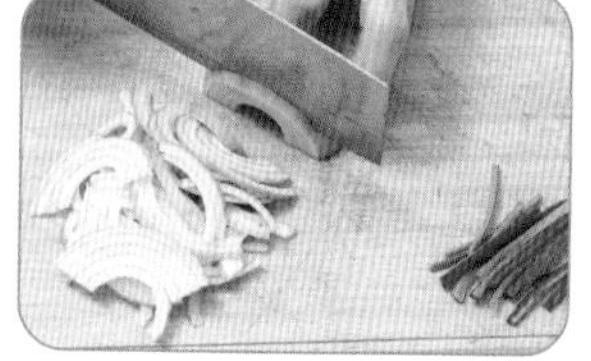

1. 洋葱头去掉外皮，洗净，切丝；青、红椒洗净切丝。

2. 旺火热锅加食油，放入洋葱丝、椒丝翻炒，加入食盐、酱油、香醋、白糖调味，拌炒均匀。

3. 至洋葱熟透，出锅装盘即成。

葱爆鸭块

饮食宜忌 凡体内有热的人适宜食鸭肉，体质虚弱、食欲不振、大便干燥和水肿的人食之更为有益。

原 料： 鸭子1只，葱200克，姜5片。

调 料： 红辣椒2根，绍酒、胡椒粉各1小匙，酱油1大匙。

鸭肉的营养价值与鸡肉相仿。但鸭子吃的食物多为水生物，故其肉味甘，入肺胃肾经，有滋补、养胃、补肾、除痨热骨蒸、消水肿、止热痢、止咳化痰等作用。

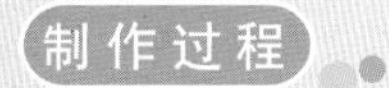

1. 葱洗净，切段；姜洗净；红辣椒去蒂、洗净，切片；鸭子斩成小块。

2. 鸭子放入滚水中烫至七分熟，捞起，沥干水分备用。

Step3

3. 锅中倒油烧热，爆香葱、姜、红辣椒，放入鸭块、绍酒、胡椒粉、酱油，以大火炒匀，再炒至鸭肉熟软即可。

健康有道

鸭肉忌与兔肉、杨梅、核桃、鳖、木耳、胡桃、大蒜、荞麦同食。

饮食宜忌 一般人均可食用。特别适合患有肾脏病、糖尿病、高血压、冠心病的人。

素贝烧冬瓜

SUBEI SHAO DONGGUA

营养功效

冬瓜含多种营养成分，特别是维生素C的含量较高，还含丙醇二酸，对防止人体发胖、增进形体健美有重要作用。

健康有道

冬瓜内含蛋白质和大量维生素与矿物质，对护肤美白有不可忽视的作用。《本草纲目》认为用冬瓜瓤“洗面澡身”，可以“祛黑斑，令人悦泽白皙”；冬瓜仁能“令人悦泽好颜色”。

原　料 冬瓜300克，豆腐皮、芹菜丁、西红柿丁各25克。

调　料 精盐、绍酒、胡椒粉、鸡精、葱、蛋清、水淀粉、油、高汤、食用油各适量。

制作过程 ZHIZUO GUOCHENG

1. 将豆腐皮烫软，卷成干贝粗细的卷，放到蒸锅中蒸5分钟取出，晾凉后切成干贝大小的丁。

2. 冬瓜去皮、去瓤，洗净切成片；葱洗净切成丝；芹菜、西红柿洗净切成丁。

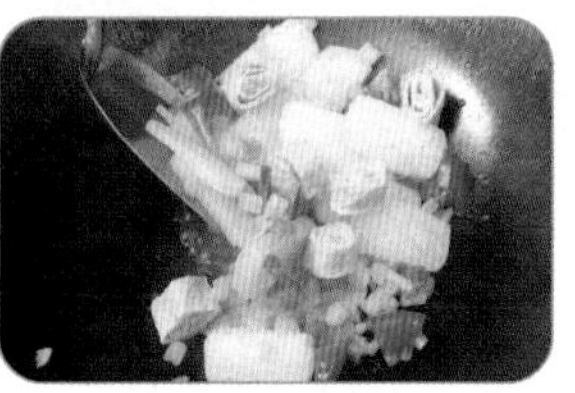

3. 油温四成热时，倒入葱丝、冬瓜炒匀，再加绍酒、高汤、胡椒粉、芹菜丁、西红柿丁烧8~10分钟，加入腐皮

红烧双菇

饮食宜忌 一般人均可食用，脾胃虚寒者忌食。

原　料： 鸡腿菇、鲜香菇各150克，油菜心100克。

调　料： 盐、味精、酱油适量，葱片10克，姜片10克。

营养功效

鸡腿菇性平，味甘滑，具有清神益智、益脾胃、助消化、增加食欲等功效。鸡腿菇还含有抗癌活性物质和治疗糖尿病的有效成分，长期食用，对降低血糖浓度，治疗糖尿病有较好疗效，特别对治疗痔疮效果明显。

制作过程

1. 鸡腿菇洗净，切片；鲜香菇洗净，切成片；油菜心切去头尾，洗净。

2. 鸡腿菇、鲜香菇下八成热油中，加葱、姜块煸炒，至汁出，用小火烧10分钟，拣去葱姜取出。

3. 锅中留底油，六成热时下葱、姜，煸至微黄下鸡腿菇、鲜香菇稍焖，加调料调好味勾芡，用油菜围边即成。

健康有道

鸡腿菇色、香、味、形俱佳。菇体洁白，美观，肉质细腻。炒食，炖食，煲汤均久煮不烂，口感滑嫩，清香味美。

饮食宜忌 一般人均可食用。脾胃虚寒及腹痛、腹泻者不宜食苦瓜。

苦瓜肥肠

KUGUA FEICHANG

营养功效

苦瓜含蛋白质、脂肪、糖类、钙、磷、铁、膳食纤维、胡萝卜素、维生素B_1、C、苦瓜素等。具有清心明目、益气壮阳、滋阴降火、养血滋肝、润脾补肾、清火消暑之功效。

健康有道

选择色泽浅白、颗粒粗大的苦瓜，这种苦瓜味较轻，质地较软嫩。

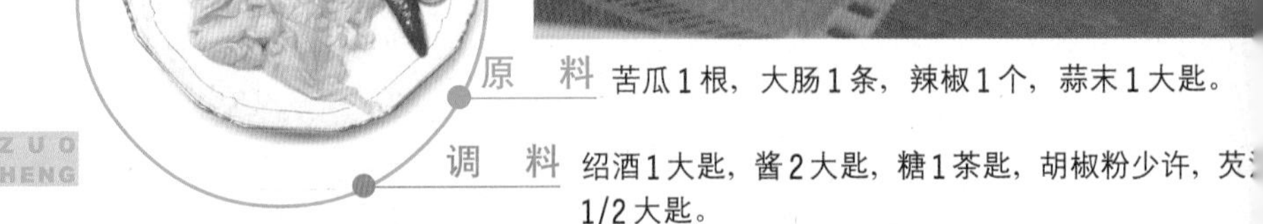

原　料 苦瓜1根，大肠1条，辣椒1个，蒜末1大匙。

调　料 绍酒1大匙，酱2大匙，糖1茶匙，胡椒粉少许，芡汁1/2大匙。

制作过程 ZHIZUO GUOCHENG

1. 苦瓜洗净，剖开后去籽，先横切三小段，再直切成条状。

2. 大肠洗净，煮烂再取出，切成短段；辣椒切斜片。

3. 用油先炒蒜末，再放入大肠、苦瓜同炒，并加入所有调味料（芡汁除外）。小火烧入味，同时放入辣椒片，烧

蜜烧番薯

饮食宜忌 一般人均可食用。脾虚的人要多吃番薯。

原 料：番薯500克，红枣、蜂蜜100克。

调 料：冰糖50克，植物油适量。

营养功效

番薯含有许多维生素A、B、纤维，有非常好的通便作用。对那些消化系统不好的人非常有好处。除此之外，在《随息局饮食谱》中说："煮食补脾胃，益气力，御风寒，益颜色。"

制作过程

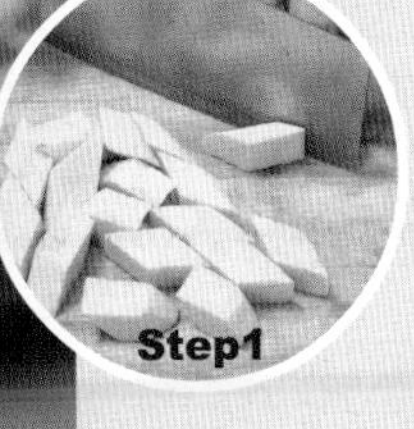

1. 番薯洗净，去皮，先切成长方块，再分别削成鸽蛋形；红枣洗净去核，切成碎末。

2. 炒锅上火，放油烧热，下番薯炸熟，捞出沥油。

Step3

3. 炒锅去油置旺火上，加入清水，放冰糖熬化，放入过油的番薯，烧至汁黏，加入蜂蜜，撒入红枣末推匀，烧5分钟，盛入盘内即成。

健康有道

番薯可以炸、煎、烤、蒸、煮，还可以做番薯糖水（要加冰糖）。能解酒。

饮食宜忌 适宜妊娠水肿、胎动不安、产后乳汁缺少的妇女食用；同时鲤鱼是发物，素体阳亢及疮疡者慎食。

豆瓣鲤鱼

DOUBAN LIYU

营养功效

鲤鱼的蛋白质含量高，而且质量也佳，人体消化吸收率可达96%，并能供给人体必需的氨基酸、矿物质、维生素A和维生素D；鲤鱼的脂肪多为不饱和脂肪酸，能很好地降低胆固醇含量，可以防治动脉硬化、冠心病，因此，多吃鱼可以健康长寿。

健康有道

鲤鱼忌与绿豆、芋头、猪肝、鸡肉、甘草、南瓜、赤小豆和狗肉同食；鲤鱼与咸菜相克，会引起消化道癌肿。

原料 活鲤鱼2条或鳜鱼1条（重约600克）。

调料 蒜末、葱花各30克，姜末10克，绍酒25毫升，湿淀粉15克，郫县豆瓣酱40克，干辣椒10克，肉汤300毫升，熟菜油、酱油、糖、醋、细盐适量。

制作过程 ZHIZUO GUOCHENG

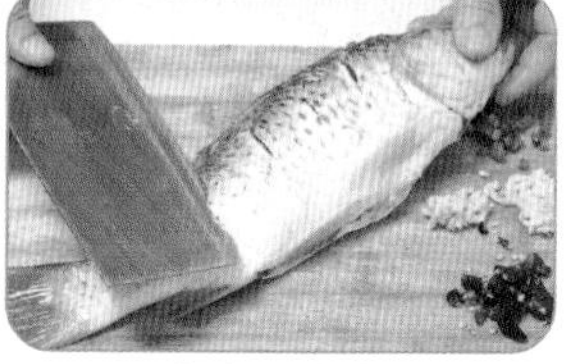

1. 将鱼洗净，在鱼身两面各剞两刀（深度接近鱼骨），抹上绍酒、细盐稍腌。

2. 炒锅上旺火，下油烧至七成熟，下鱼稍炸捞起。

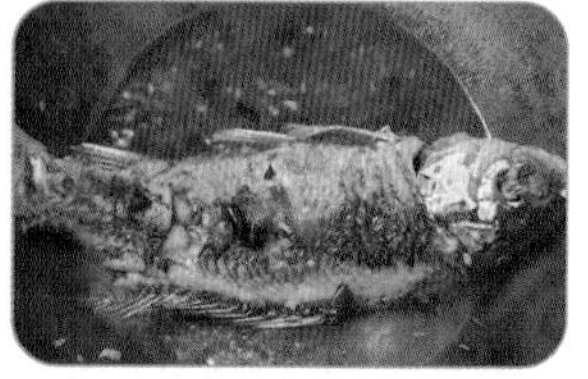

3. 锅内留油，加调料将鱼烧熟，盛入盘中。原锅置旺火上，用湿淀粉勾芡，淋醋，撒葱花，浇在鱼身上即成。

回锅肉

饮食宜忌　一般人均可食用。湿热痰滞内蕴者慎服；肥胖、血脂较高者不宜多食。

原 料：熟五花肉250克，红干椒、黑木耳、青蒜各少许，食用油750毫升。

调 料：酱油各1大匙，白醋1/2大匙，白糖、辣椒酱各1/3大匙，精盐、味精各1/3小匙，葱片少许。

营养功效

猪肉纤维较为细软，结缔组织较少，肌肉组织中含有较多的肌间脂肪，因此，经过烹调加工后肉味特别鲜美。猪肉含有丰富的优质蛋白质和人体必需的脂肪酸，并提供血红素（有机铁）和促进铁吸收的半胱氨酸，能改善缺铁性贫血。

制作过程

1. 红干椒、黑木耳用清水泡至回软，洗涤整理干净；青蒜洗净，切段备用。

2. 将猪五花肉切成长方形薄片，下入五成热油中滑散滑透，倒入漏勺。

3. 炒锅上火烧热，加底油，用葱片炝锅，烹绍酒，加入辣椒酱、白醋、白糖、酱油、精盐、味精，添少许汤，再下入肉片、红干椒、黑木耳、青蒜，煸炒入味，淋明油，出锅装盘。

健康有道

五花肉为肋条部位肘骨的肉，是一层肥肉，一层瘦肉夹起的。适于红烧、白炖和粉蒸肉等用。

饮食宜忌 冬笋一般人均可食用。胃溃疡、胃出血、肾炎、结石、肝硬化、慢性肠炎者不宜多食。

干烧冬笋 GANSHAO DONGSUN

营养功效 冬笋含有蛋白质、脂肪、糖类、膳食纤维、胡萝卜素、维生素B_1、维生素B_2、维生素C，又含有钙、磷、铁、镁等12种矿物质和微量元素。具有消渴、益气、化热、消痰、爽胃之功效。

健康有道 常吃冬笋，能够吸附每餐所吃食物中的油脂，降低胃肠黏膜对脂肪的吸收和积蓄，从而达到减肥目的，并能有效减少与高脂有关的疾病的发生。

原　料 笋600克，腌雪里红叶40克，葱少许。

调　料 白糖60克，料酒12毫升，酱油60毫升，植物油、盐味精适量。

制作过程 ZHIZUO GUOCHENG

1. 冬笋洗干净后，切成片；把腌雪里红叶用清水泡去咸味，切成段。

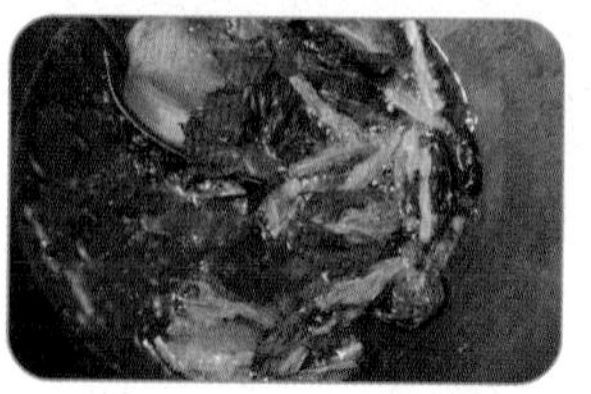

2. 锅内倒油，在旺火上烧热，先把雪里红叶炸酥，捞出装盘，撒上少许味精，再将冬笋放入炸成金黄色，倒入漏

3. 炒勺放旺火上，倒入适量的油，下入冬笋、雪里红叶子、葱条，再用适量的汤，加调料焖3分钟即可。

虾仁豆腐

饮食宜忌 豆腐营养丰富，人人可食，尤其适宜正在长身体的儿童和青少年食用。

原 料： 豆腐300克，虾仁100克，鸡蛋1个。

调 料： 盐、味精、料酒、鸡汤或水、淀粉、油、香油、葱、姜各适量。

豆腐作为食药兼备的食品，具有益气、补虚等多方面的功能。豆腐中所含的蛋白质比较高，含有8种人体必需的氨基酸，还含有动物性食物所缺乏的不饱和脂肪酸、卵磷脂等。因此，常吃豆腐可以保护肝脏、促进机体代谢、增加免疫力并且有解毒作用。

制作过程

Step1

1. 将豆腐切成方丁，用开水焯一下滤干水分；葱、姜切成片；虾仁去掉背部沙线；将葱、姜、盐、味精、料酒、鸡汤、淀粉、香油放入碗中，调成汁。

2. 将虾仁放入碗中，加盐、料酒、淀粉、鸡蛋1个，搅拌均匀；炒锅内注入油烧热，放入虾仁炒熟。

3. 加入豆腐同炒，受热均匀后加入料汁，迅速翻炒，使汁完全挂在主料上即可。

健康有道

豆腐单独做菜时，其中的蛋白质利用率极低，因大豆蛋白中缺少蛋氨基酸，蛋类、肉类、鱼类蛋白质中的蛋氨酸含量较高，豆腐与此类食物混合食用可提高豆腐中蛋白质的利用率。

饮食宜忌 一般人均可食用。患皮肤病者不宜食牛肉；肝炎、肾炎等患者亦应慎食；外感时邪或内有积热、痰火者、痈疽患者忌食牛肉。

白菜炒牛肉

BAICAI CHAO NIUROU

营养功效

牛肉性温、味甘，含的必需氨基酸很多，营养价值高，具有暖中补气、补肾壮阳、健脾补胃、滋养御寒、益筋骨、增体力之功效。

健康有道

牛肉不宜常吃，一周一次为宜。牛肉不易熟烂，烹饪时放一个山楂、一块橘皮或一点茶叶可以使其易烂。

清炖牛肉保存营养成分比较好。

原　料 牛肉250克，白菜心250克。

调　料 盐2克，醋、料酒、姜、葱各适量，淀粉少许。

制作过程 ZHIZUO GUOCHENG

1. 白菜剖开，切成细丝。葱和姜洗净切丝。

2. 牛肉洗净切成肉丝，加盐、淀粉、醋腌10分钟。

3. 起油锅，放入腌好的牛肉，翻炒几下后，攒入料酒，投入葱段，盖上锅盖焖2分钟，再加入白菜稍炒，调味即可。

红烧鳝片

饮食宜忌 一般人均可食用。凡体质过敏、瘙痒性皮肤等患者忌食鳝鱼。

原 料： 活黄鳝1000克，水发玉兰片、蒜瓣各50克，鲜紫苏叶5克，姜15克。

调 料： 酱油20毫升，湿淀粉50克，肉清汤200毫升，漆醋15毫升，胡椒粉、芝麻油、味精、精盐各适量，绍酒、茶油、熟猪油各50毫升。

营养功效

黄鳝肉嫩味鲜，营养价值甚高。含丰富的维生素A，能增进视力、促进皮膜的新陈代谢。特含降低血糖和调节血糖的“鳝鱼素”，且所含脂肪极少，是糖尿病患者的理想食品。

制作过程

1. 将鳝肉切成4厘米长的片至颌下止，洗净；玉兰片切片；紫苏叶切碎；蒜瓣切小薄片；姜切细丝。

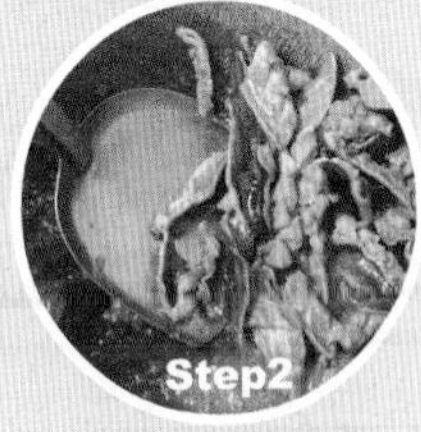

2. 炒锅置旺火，放入茶油，烧至六成热时将鳝片下锅煸炒，直至表面略焦，倒入漏勺滤去油。

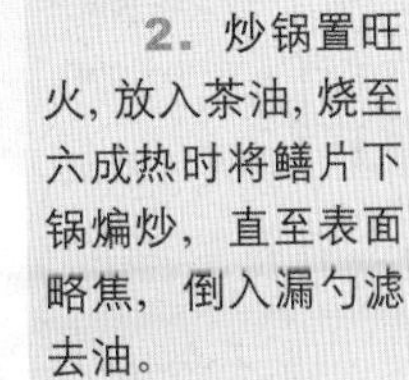

3. 炒锅置旺火，放入熟猪油，烧至六成热，下蒜片略炸，再放入玉兰片、鳝片合炒。加肉清汤、紫苏叶、味精，用湿淀粉勾芡，盛入大瓷盘，淋入芝麻油，撒上胡椒粉即成。

健康有道

黄鳝的血液有毒，误食会对人的口腔、消化道黏膜产生刺激作用，严重的会损害人的神经系统，使人四肢麻木、呼吸和循环功能衰竭而死亡。

饮食宜忌 一般人皆可食用。贫血病患者尤其适合食用；上腹饱胀、消化不良者可多吃鸭肫；孕妇忌食。

菊花鸭肫

JUHUA YAZHUN

营养功效 鸭肫的主要营养成分有碳水化合物、蛋白质、脂肪、烟酸、维生素C、维生素E和钙、镁、铁、钾、磷、钠、硒等矿物质。鸭肫中的铁元素含量较多，女性可以适当多食用一些。中医认为，鸭肫性平味甘，有健胃之效。

健康有道 从食疗方面，秋季养胃可试用"谷芽麦芽煲鸭肫"这道药膳来调理消化、养胃护胃。

原　料 鸭肫400克。

调　料 精盐、生粉、花椒、葱段、姜片各适量。

制作过程 ZHIZUO GUOCHENG

1. 鸭肫洗净，于其上剞刀切出十字花，并一切为四块，入锅飞水。

2. 将飞过水的菊花鸭肫吸干水分，用少许盐、生粉拌匀后捞出。

3. 起锅下油，以花椒、葱段、姜片爆香，投入菊花鸭肫，调味，翻炒几下即可。

炒鸡丝蜇头

饮食宜忌 一般人均可食用。尤其是哮喘、胸痛、胀满、便秘、带下等病患者常食有益。

原 料：净鸡脯肉150克，海蜇头250克，鸡蛋清1个，香菜段10克，姜丝5克。

调 料：精盐3克，葱丝10克，醋5毫升，绍酒10毫升，鸡汤1.5毫升，胡椒面1.5克，熟鸡油5毫升，味精2克，花生油500毫升，湿淀粉10克。

海蜇别名水母，口腕部俗称海蜇头，伞部称海蜇皮，是一种食疗佳品。常食能化痰消炎，又不伤气。

制作过程

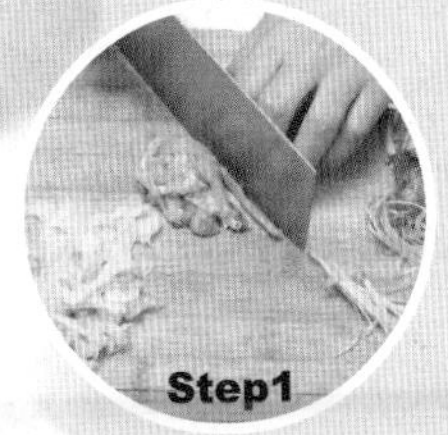

1. 鸡脯肉去净筋膜、切丝，放入碗中加鸡蛋清、少量精盐和湿淀粉拌匀上浆；海蜇头切细丝，用清水洗净，放热水中焯一下。

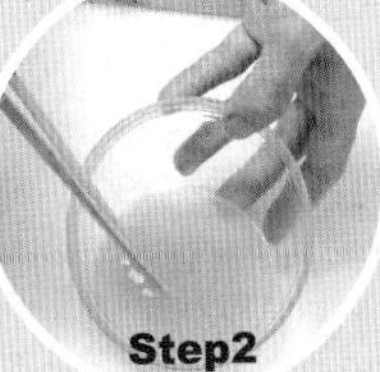

2. 碗内放鸡汤、精盐、味精、醋、绍酒、胡椒面、湿淀粉兑成汁。

3. 锅内放油，以旺火烧至五成热，放入葱丝、姜丝炸出香味，立即放入鸡丝，炒至熟再下入海蜇头丝、香菜段及碗内芡汁，急速颠翻，淋上鸡油，装盘即成。

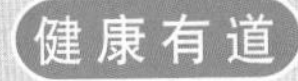

此菜炒法别致，不经滑油，一次成菜。旺火热油、烹制时间宜短，以保持主料的鲜嫩，虽有调料汁，但装盘后不能带汤。

饮食宜忌 一般人皆可食用。脾胃虚弱者不宜多食。

淡菜炒笋尖

DANCAI CHAO SUNJIAN

营养功效

淡菜为贻贝科动物厚壳贻贝和其他贻贝类的贝肉，产于黄海、渤海、东海一带，含有蛋白质、脂肪、碳水化合物、钙、磷、铁、核黄素、烟酸等多种营养成分，能补肝肾、益精血、助肾阳、消瘿瘤。

健康有道

淡菜和萝卜同炒，有特殊风味。将淡菜干放在油锅中煎成黄色，煮成汤料，其味道不亚于虾米汤。也可同西洋菜一同煲汤。

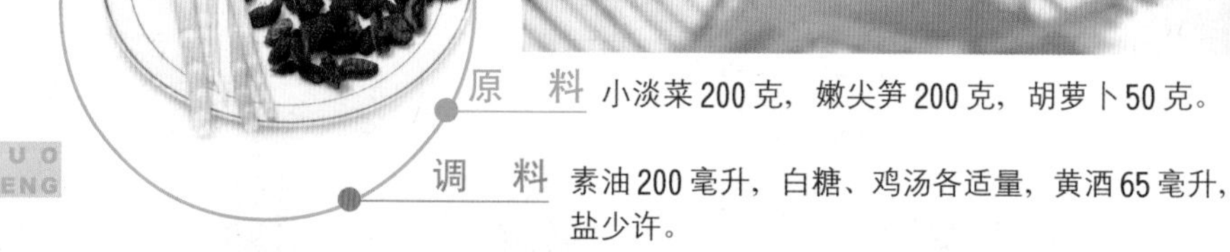

原 料 小淡菜200克，嫩尖笋200克，胡萝卜50克。

调 料 素油200毫升，白糖、鸡汤各适量，黄酒65毫升，盐少许。

制作过程 ZHIZUO GUOCHENG

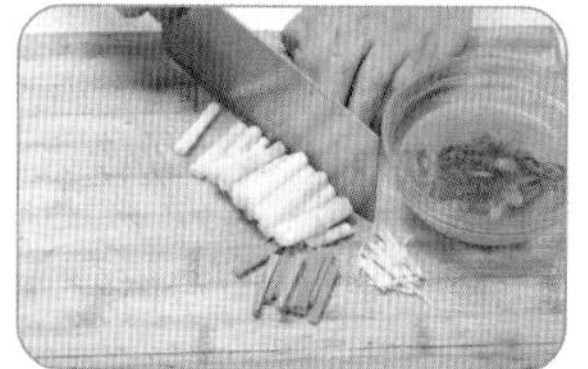

1. 尖笋切成段，把淡菜放入开水中泡一泡，胡萝卜切成粗丝。

2. 取碗2只，把淡菜装1碗，碗内加开水与材料平，上笼蒸透后，取出淡菜，剪除老块和中心的毛茸，再洗一次。

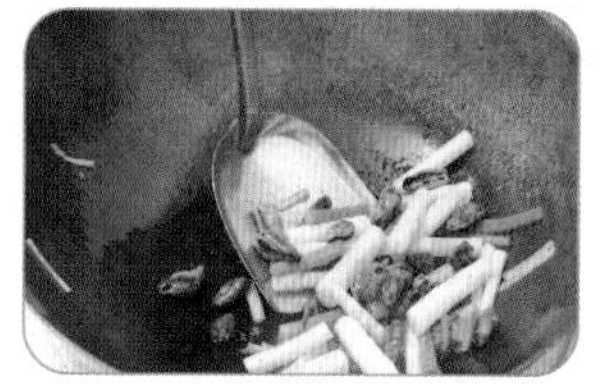

3. 起锅，把笋尖、淡菜、胡萝卜丝分两边倒入，加糖、酒、盐、鸡汤，分两边边滚边炒，直至汤收干，起锅装盘。

滑蛋虾仁

饮食宜忌 凡高热、腹泻、肝炎、肾炎、胆囊炎及胆石症等患者当少食或不食鸡蛋。

原 料：虾仁250克，鸡蛋4个，葱花10克。

调 料：精盐、味精各适量，干淀粉3克，小苏打1克，芝麻油1毫升，胡椒粉少许，植物油适量。

营养功效

鸡蛋的蛋白质是食物中质量、种类、组成平衡最优良的，含有人体所有的必需氨基酸，并含有一定量的脂肪和糖、维生素及钙、铁、磷、镁等营养成分，能补阴益血、健脾和胃、清热解毒、养心安神。

制作过程

1. 鲜虾仁洗净，沥干水分。鸡蛋敲开，分出一个蛋清，加味精、盐、干淀粉、小苏打一并放在碗中搅成糊状，再加入鲜虾仁搅匀，放入冰箱腌2小时取出。

Step1

2. 以中火热锅，下油，放入虾仁泡油约30秒，用笊篱捞起，倒入蛋浆一道拌成鸡蛋料。

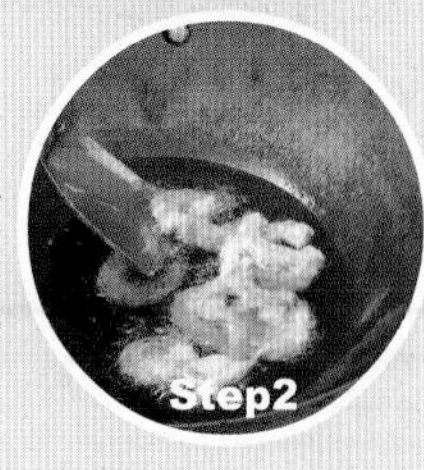

3. 余油倒出，炒锅放回炉上，下油，倒入鸡蛋料、葱花，边炒边加油，炒至刚凝结便上碟。

Step3

健康有道

鸡蛋和白糖同煮，会使鸡蛋蛋白质中的氨基酸形成果糖基赖氨酸的结合物。这种物质不易被人体吸收，对健康会产生不良作用。鸡蛋还不能与兔肉同吃。

饮食宜忌 一般人皆可食用。特别适宜于肾虚热、性欲较差的女性食用。

熘腰花 LIU YAOHUA

营养功效 猪腰含有锌、铁、铜、磷、B族维生素、维生素C、蛋白质、脂肪等，是含锌量较高的食品。中医认为，猪肾味咸，有养阴补肾之功效。

健康有道 腰花一定要反复泡水，才能彻底除去味道，且烹调的时间不宜过久，否则腰花容易变小、变硬，使口感变差。

原　料 猪腰1对，黄瓜1根，蛋清1个，食用油500毫升。

调　料 绍酒、酱油各1大匙，白醋、白糖各1小匙，精盐、精各1/4小匙，花椒油1/2大匙，葱、蒜片、姜末各许，淀粉适量。

制作过程 ZHIZUO GUOCHENG

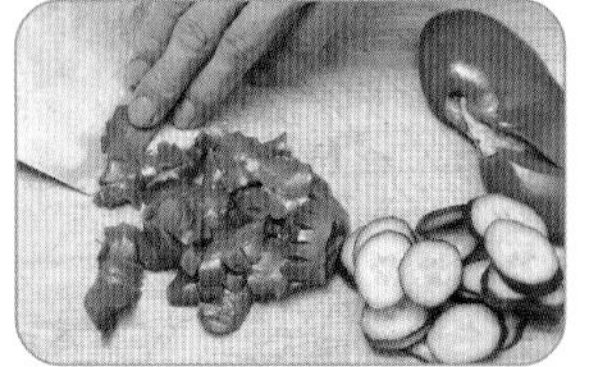

1. 将猪腰切成块，装入碗内，加入蛋清及少许淀粉，搅拌均匀，黄瓜切片。

2. 炒锅加油，烧至八成热时，下入备好的腰花，炒散炒透，倒入漏勺。

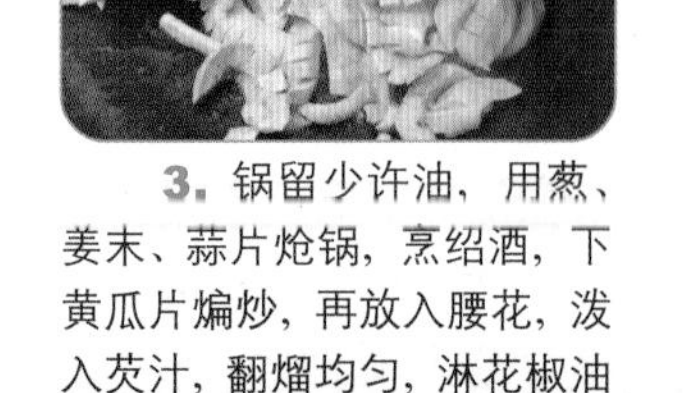

3. 锅留少许油，用葱、姜末、蒜片炝锅，烹绍酒，下黄瓜片煸炒，再放入腰花，泼入芡汁，翻熘均匀，淋花椒油即可。

青蒜烧肉

饮食宜忌 青蒜不可过量食用，否则会造成肝功能障碍，还会影响视力；消化功能不佳者和眼病患者应少食或不食。

原 料： 五花肉250克，青蒜200克。

调 料： 酱油、糖、绍酒各1汤匙，姜片、盐各适量。

营养功效

青蒜中含有蛋白质、胡萝卜素、硫胺素、核黄素等营养成分。它的辣味主要来自于其含有的辣素，这种辣素具有醒脾气、消积食的作用。还有良好的杀菌、抑菌作用，能有效预防流感、肠炎等因环境污染引起的疾病。具有祛寒、散肿痛、杀毒气、健脾胃等功能。

制作过程

1. 五花肉洗净，切成2~3厘米的块；青蒜择洗干净，切段。

2. 锅中倒油，烧热，炒香姜片，投入猪肉块煸炒出油，撇去多余的油，加入绍酒、盐、酱油、糖，继续煸炒至肉块上色。

3. 倒入足以浸过肉块的清水，用旺火烧开，转用小火焖烧。在肉块九成熟时放入青蒜段，翻匀后焖烧至肉块酥烂、蒜茸柔软即可。

健康有道

优质青蒜大都叶柔嫩，叶尖不干枯，株棵粗壮、整齐，洁净不易折断。青蒜置于阴凉通风处可短储1周。

一般人都可食用。

红烧鱼皮

HONGSHAO YUPI

营养功效

鱼皮含有丰富的胶性物质，其质地柔软滑润，香醇腴美，糯软又有韧性，颇为食者称道，菜品珍贵，多用于高档宴席。

处理鱼皮时，将干鱼皮下入开水锅内，小火焖煮到能煺沙时，将锅离火，待水温冷却，去净沙粒，刮净黑迹洗净再进行焖煮，待其发软时，捞在凉水内冲泡，修去腐烂边沿，仍用凉水泡上。

原　料 发好鱼皮500克，葱50克，蒜50克。

调　料 白糖、湿淀粉各25克，酱油25毫升，鸡油、芝麻油、绍酒、味精、精盐适量，清汤、花生油各50毫升。

制作过程 ZHIZUO GUOCHENG

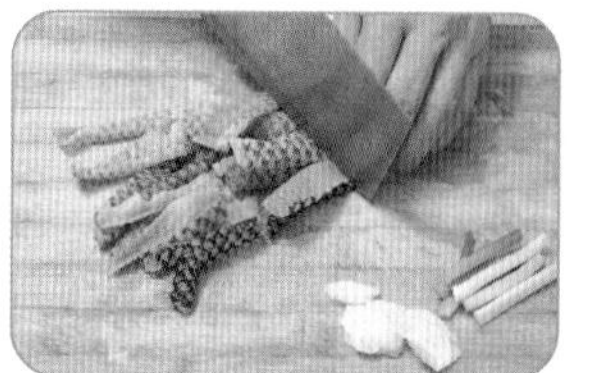

1. 将鱼皮改成抹刀片，用开水汆透，捞出用清水漂净；葱切段；蒜切片。

2. 炒锅内放入一半的清汤、葱段、蒜片、绍酒，再下入鱼皮用旺火烧开，改慢火煨透入味捞出。

3. 锅内加油，中火烧至六成热，加入鱼皮和调料，撇去浮沫，用微火煨透，湿淀粉勾芡，淋上鸡油、芝麻油即成。

辣子兔丁

饮食宜忌 一般人均可食用。脾胃虚寒及便溏腹泻者忌食兔肉。

原料：兔腿1只，干红辣椒适量，香葱段少许。

调料：鸡粉、精盐、鲜露、绍酒、鹰栗粉、蒜粒、姜粒、花椒、绍酒各适量。

营养功效

兔肉含蛋白质、脂肪、碳水化合物、磷、钙、铁，还含有多种维生素等营养成分。它所含的蛋白质质量超过猪肉、牛肉、虾，而且为完全蛋白质，即含有人体必需的8种氨基酸，具有健脾益胃、补中益气、解毒利便、滋阴凉血之功效。

制作过程

1. 兔腿处理干净，砍块，用鸡粉、精盐、鲜露、绍酒、鹰栗粉腌制，备用。

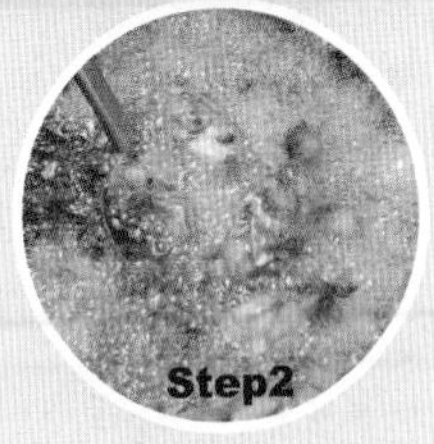

2. 用七成热的油把兔块炸至干香，捞出沥油。

3. 炒锅上火烧热，加少许底油，爆香蒜粒、姜粒、花椒、干红辣椒后，下入兔丁，烹绍酒，撒入香葱段，用旺火速炒成菜，出锅装盘即可。

健康有道

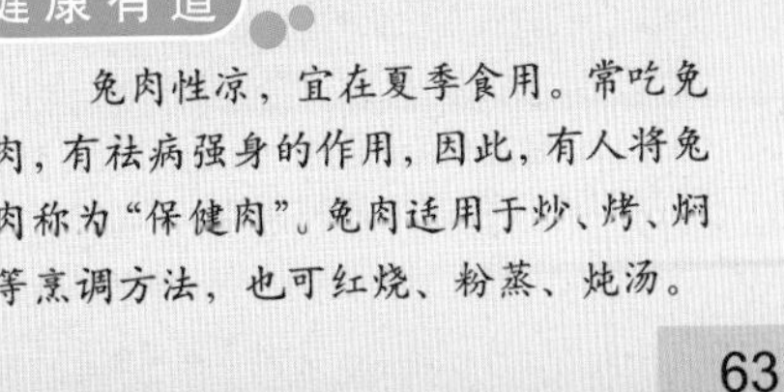

兔肉性凉，宜在夏季食用。常吃兔肉，有祛病强身的作用，因此，有人将兔肉称为“保健肉”。兔肉适用于炒、烤、焖等烹调方法，也可红烧、粉蒸、炖汤。

饮食宜忌 一般人都可食用。排骨适宜于气血不足，阴虚纳差者；湿热痰滞内蕴者慎服；肥胖、血脂较高者不宜多食。

洋烧排骨

YANGSHAO PAIGU

营养功效 猪排骨除含蛋白、脂肪、维生素外，还含有大量磷酸钙、骨胶原等，可为幼儿和老人提供钙质。具有生乳、补虚之功效。

健康有道 猪肉烹调前莫用热水清洗，因猪肉中含有一种肌溶蛋白的物质，在15摄氏度以上的水中易溶解，若用热水浸泡就会散失很多营养，同时口味也欠佳。

原 料 猪排骨1000克，小馒头10个。

调 料 酱油、白糖、醋适量，葱少许，花生油750克(约耗75克)。

制作过程 ZHIZUO GUOCHENG

1. 猪排骨切成块，每块留2根骨，并削去太厚的肥肉。

2. 锅置旺火上，下少许花生油，下酱油、白糖少许，倒入排骨块翻炒几下，排骨上色后装起待用。

3. 倒入上色的排骨，炸五成熟，沥干油，加入上汤、酱油、白糖、白醋、葱结，改小火烧透后，去掉葱结装盘，配以10块小馒头即成。

西芹百合炒腊肉

饮食宜忌 一般人均能食用。西芹有降血压的作用，故血虚病人忌食。

原　料：腊肉150克，西芹、百合各100克。

调　料：蒜蓉、姜片、胡萝卜、盐、味精、糖、水淀粉各适量。

营养功效

西芹性凉、味甘。含有芳香油及多种维生素、多种游离氨基酸等物质，有促进食欲、降低血压、健脑、清肠利便、解毒消肿、促进血液循环等功效。芹菜有明显的降压作用，其持续时间会随食量的增加而延长，并且还有镇静和抗惊厥的功效。

制作过程

1. 腊肉切片；西芹去筋切片；百合掰开洗净，并分别焯一下沸水；胡萝卜切片。

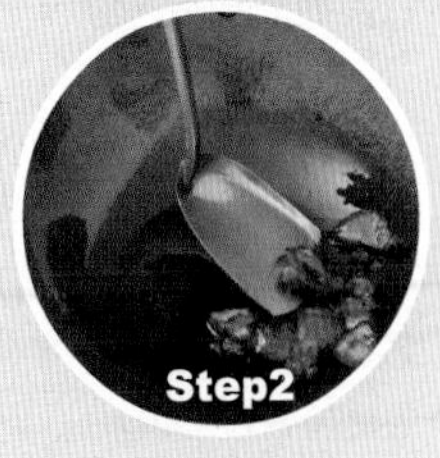

2. 炒锅中留底油，放入蒜蓉、姜片起锅，投入腊肉炒约1分钟。

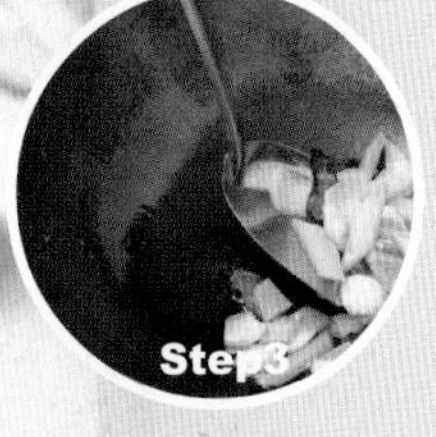

3. 把西芹、百合等同放锅中一起翻炒，加盐、味精、糖、水淀粉勾芡即可。

健康有道

西芹食用方法较多，可生食凉拌，可荤素炒食、做汤、做馅、做菜汁、腌渍、速冻等。尤其其汁可直接和面制成面条或饺子皮，极有特色。

饮食宜忌 一般人均可食用。但因甜椒刺激性强，患有炎症等病者则不宜食用。

甜椒肉丝

TIANJIAO ROUSI

营养功效

甜椒含有抗氧化的维生素和微量元素，能增强人的体力。它含有丰富的维生素C、维生素A及糖类、纤维质、钙、磷、铁等，能促进新陈代谢，具有使皮肤柔滑的美容功效。

健康有道

加工甜椒时要掌握火候。由于维生素C不耐热，易被破坏，在铜器中更是如此，所以避免使用铜质餐具。

原料 猪瘦肉350克，甜椒100克，青蒜苗50克。

调料 嫩姜20克，水豆粉50克，素油50毫升，甜酱20克，料酒、鲜汤、盐、酱油、味精各适量。

制作过程 ZHIZUO GUOCHENG

1. 猪肉切丝，放到碗里，加水豆粉、盐、料酒拌匀；甜椒去蒂、籽，切丝；姜切丝；青蒜苗切段。

2. 炒锅置火上，下油烧热，放甜椒炒至断生起锅；将酱油、料酒、水豆粉、味精、鲜汤装入碗内调匀成芡汁。

3. 炒锅洗净，置旺火上，下油烧热，放肉丝炒散，加甜酱炒香，下甜椒、姜丝、青蒜苗合炒，烹入芡汁，炒匀起锅

红烧鱼尾

饮食宜忌 一般人群均可食用。草鱼尤其适宜虚劳、风虚头痛、肝阳上亢高血压、头痛、久疟、心血管病人。

原 料： 草鱼尾1段，大蒜苗20克，葱末10克，姜少量。

调 料： 绍酒、酱油、醋、糖、胡椒粉、香油适量。

营养功效

草鱼含有丰富的不饱和脂肪酸，对血液循环有利，是心血管病人的良好食物；草鱼含有丰富的硒元素，经常食用有抗衰老、养颜的功效，而且对肿瘤也有一定的防治作用；对于身体瘦弱、食欲不振的人来说，草鱼肉嫩而不腻，可以开胃、滋补。

制作过程

1. 鱼尾洗净；葱切末；大蒜苗切片；姜切片。

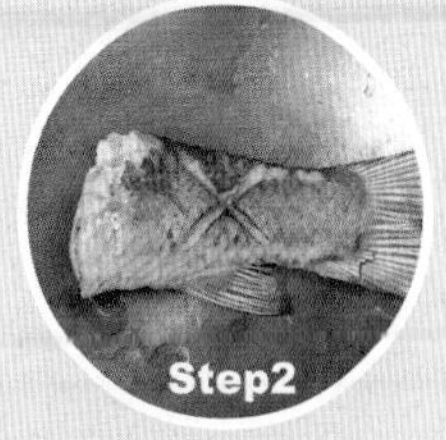

2. 锅内加油烧热，投入鱼尾，煎至金黄色，捞起。

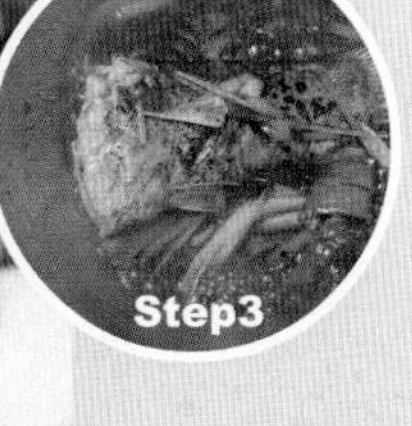

3. 炒锅烧热，油爆香葱，蒜，加酒、酱油、醋、糖、胡椒粉、大蒜苗，清水两杯烧8分钟，再勾芡，淋上香油即可。

健康有道

草鱼胆有毒不能吃。草鱼与豆腐同食，具有补中调胃、利水消肿的功效。民间将草鱼与油条、蛋、胡椒粉同蒸，可益眼明目，适合老年人温补健身。

饮食宜忌 一般人均可食用。但脾胃虚弱、消化不良者不宜多食。

营养功效 莴苣具有延缓人体衰老、防止皮肤色素沉着的作用；藕对预防和治疗贫血有效，也是美容美发的佳品；栗子能强筋健骨、益气补脾。

健康有道 莴苣与香干搭配食用，有通乳通便的作用，适合女性产后乳汁分泌不足等。

火腿三仙片

HUOTUI SANXIANPIAN

原 料 西火腿50克，鲜藕100克，莴苣100克，鲜栗100

调 料 味精、精盐、花生油各适量。

制作过程 ZHIZUO GUOCHENG

1. 栗子去外壳、内皮，与西火腿、藕、莴苣同切片。

2. 先炒西火腿、栗子，再加入藕片，最后放莴苣。

3. 炒好后加入调料，继续翻炒3分钟即可。

番茄烧豆腐

饮食宜忌 豆腐性偏寒，胃寒者和易腹泻、腹胀、脾虚者以及常出现遗精的肾亏者不宜多食。

原 料：水豆腐250克，番茄100克，木耳、玉兰片各20克，葱姜丝20克。

调 料：花生油、盐、味精、料酒、高汤适量。

豆腐作为食药兼备的食品，具有益气、补虚等多方面的功能。豆腐又是植物食品中含蛋白质比较高的，含有8种人体必需的氨基酸，还含有不饱和脂肪酸、卵磷脂等。因此，常吃豆腐可以保护肝脏，促进机体代谢，增强免疫力并且有解毒作用。

制作过程

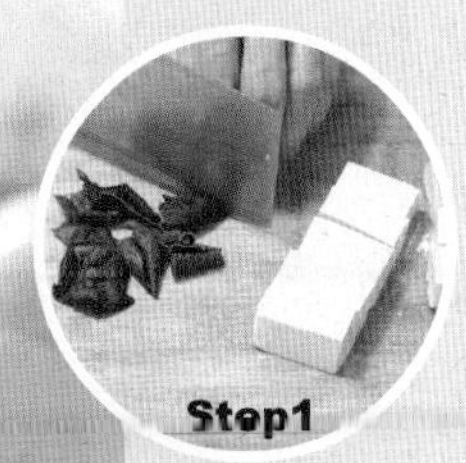

1. 豆腐切块、番茄切块；木耳、玉兰片泡发后切片。

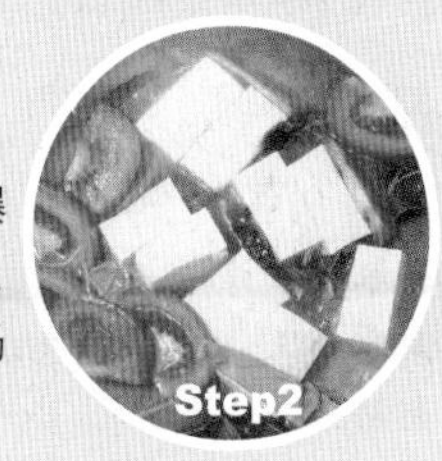

2. 锅放火上，下油，放葱、姜丝爆锅，然后下入调料、豆腐、番茄，添高汤或水。

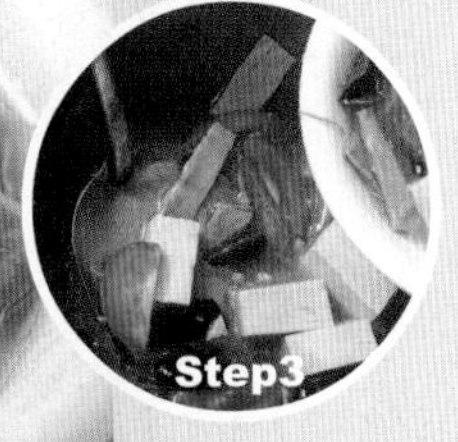

3. 盖上锅盖，三分钟即可装盘。

健康有道

豆腐虽好，也不宜天天吃，一次食用也不要过量。老年人和肾病、缺铁性贫血、痛风病、动脉硬化患者更要控制食用量。

饮食宜忌 对容易罹患心血管方面疾病的中老年人来说，鱿鱼是有益健康的食物。

干煸鱿鱼丝

GANBIAN YOUYUSI

营养功效

鱿鱼的营养价值极高，蛋白质含量达16%~20%，脂肪含量极低，只有1%不到，因此热量极低。其脂肪里含有大量的高度不饱和脂肪酸，加上肉中所含的高量牛磺酸，都可有效减少血管壁内所累积的胆固醇，对于预防血管硬化和胆结石的形成颇具效力。

健康有道

鱿鱼干含水分很少，所以煸炒要求火旺、油滚烫、翻动要快。煸炒时以六成油温为宜。

原　料 干鱿鱼10克，猪瘦肉、绿豆芽各100克，青、红椒各1个。

调　料 绍酒、酱油、芝麻油各10毫升，混合油75毫升，味精、盐各适量。

制作过程 ZHIZUO GUOCHENG

1. 干鱿鱼去骨和头尾，横切成细丝，用温水洗净，挤干水；猪肉切成粗丝；绿豆芽去根和芽瓣；青、红椒切丝。

2. 炒锅置中火上，下油烧至六成热，放入鱿鱼丝略煸炒后，烹入绍酒再翻炒，即放入肉丝合炒。

3. 加入豆芽、青红椒丝炒匀，最后放盐、酱油，炒出香味，加味精，淋上芝麻油即成。

栗子烧肉

饮食宜忌 栗子含糖分高，糖尿病患者当少食或不食；脾胃虚弱消化不好或患有风湿病的人不宜食用。

原 料：栗子300克，猪五花肉350克。

调 料：食鲜汤500毫升，料酒50毫升，冰糖45克，葱结10克，酱油、姜块、色拉油、精盐适量。

营养功效

栗子的蛋白质、脂肪含量较高。此外，它还含有丰富的胡萝卜素、维生素C、维生素B_1、维生素B_2、烟酸等多种营养素以及钙、磷、钾等矿物质，这些物质对人体有良好的滋补作用，并对维持机体的正常机能和生长发育都有重要意义。

制作过程

1. 五花肉去毛洗净，放在锅中煮一下，用刀切成3厘米见方的块；栗子一切为二，放入开水锅中烫后去壳。

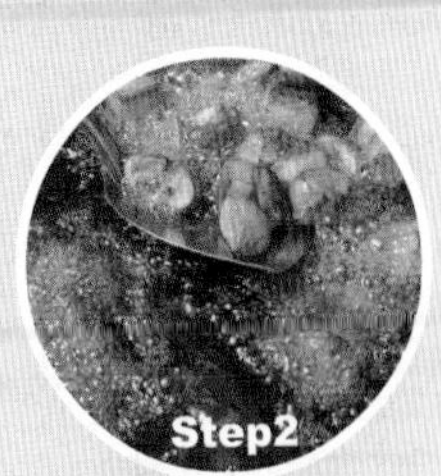

2. 色拉油下锅烧至七成热时，下入栗子和猪花肉炸呈黄色时捞出。

3. 锅内放入鲜汤，加入肉块，烧沸后加料酒，撇去浮沫，然后加入葱结、姜块、酱油、精盐，用小火焖烧八成熟时，放入冰糖和栗子。待栗子熟透，汤汁浓稠时，去掉葱、姜。

健康有道

栗子生吃难消化，熟食又易滞气，所以，一次不宜多食。新鲜栗子容易发霉变质，吃了发霉的栗子会引起中毒，所以，变质的栗子不能吃。

饮食宜忌 一般人均可食用。凡阴虚火旺、疮疡、目疾等患者及孕妇忌食韭黄。

韭黄鸡丝

JIUHUANG JISI

营养功效

韭黄含有蛋白质、脂肪、糖类、胡萝卜素、维生素、膳食纤维、钙、镁、锌、铜、锰、硒、钴等，胡萝卜素的含量比胡萝卜还要高，并含有能杀菌消毒的抗生素。韭菜自古就有“长寿菜”之称，足见其营养价值之高。

健康有道

炒韭黄火候是关键。过火会变韧；火候不足则呛鼻，适中便爽脆。

原　料 净鸡肉200克，韭黄300克，鸡蛋清1个，香菇15克。

调　料 植物油500毫升，绍酒10毫升，湿淀粉15毫升，胡椒粉、姜丝、蒜泥、精盐、味精、芝麻油各适量。

制作过程 ZHIZUO GUOCHENG

1. 韭黄切段；香菇切丝，待用；鸡肉切丝，盛入碗中，下入鸡蛋清、湿淀粉拌匀。

2. 中火热锅，下油烧至微沸，投入鸡丝泡油至熟，用笊篱捞起沥去油。

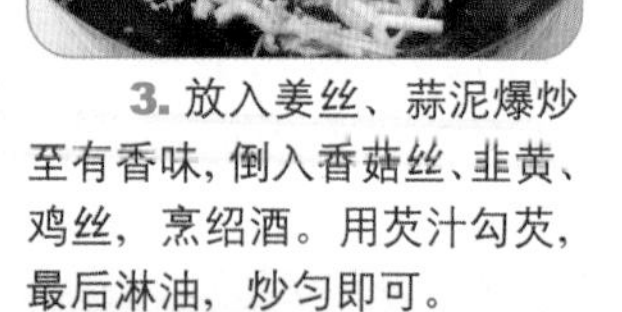

3. 放入姜丝、蒜泥爆炒至有香味，倒入香菇丝、韭黄、鸡丝，烹绍酒。用芡汁勾芡，最后淋油，炒匀即可。

豆豉焖苦瓜

饮食宜忌 感冒头痛、胸闷烦呕、伤寒寒热的患者可食用豆豉。

原 料： 苦瓜250克，豆油50克，小鱼干20克。

调 料： 蒜瓣20克，豆豉15克，精盐5克，味精4克，冷水适量。

营养功效

豆豉富含蛋白质、各种氨基酸、乳酸、磷、镁、钙及多种维生素，色香味美，具有一定的保健作用，我国南北部都有加工食用。豆豉还以其特有的香气使人增加食欲，促进吸收。

制作过程

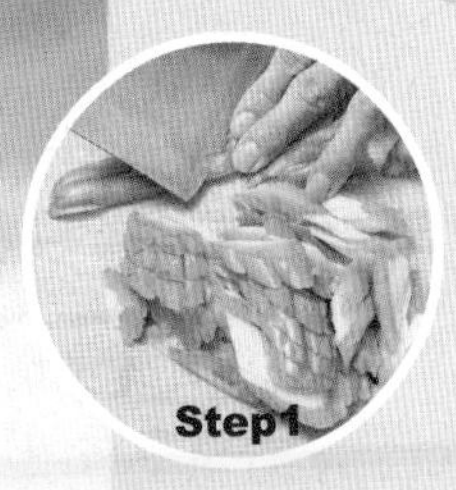

1. 苦瓜去蒂、去籽、洗净后切成薄片；豆豉用水泡后洗净、拍碎。

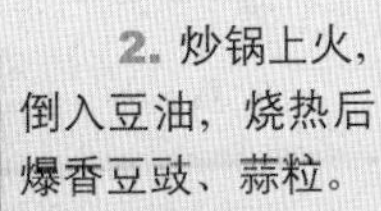
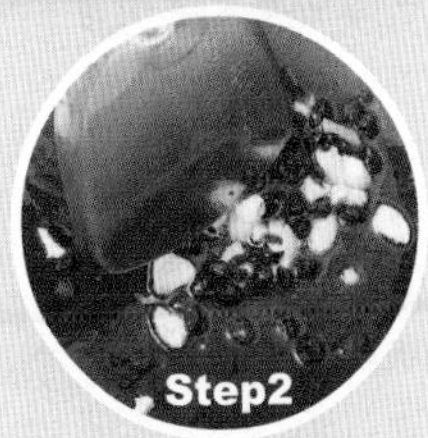

2. 炒锅上火，倒入豆油，烧热后爆香豆豉、蒜粒。

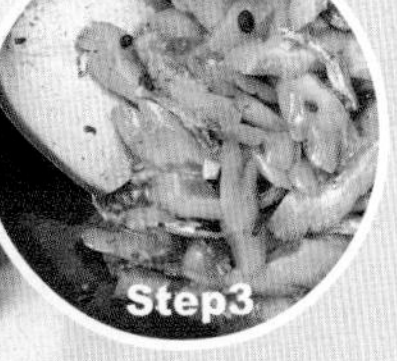

3. 投入小鱼，放入苦瓜和水，用中火焖煮至熟透，加入盐和味精调味、拌匀即成。

健康有道

豆豉一直广泛使用于中国烹调之中。可用豆豉拌上麻油及其他作料作助餐小菜；用豆豉与豆腐、茄子、芋头、萝卜等烹制菜肴别有风味。

饮食宜忌 一般人均可食用。

肉丝炒荷兰豆

ROUSI CHAO HELANDOU

营养功效

荷兰豆与一般蔬菜有所不同，所含的止杈酸、赤霉素和植物凝素等物质，具有抗菌消炎、增强新陈代谢的功能。荷兰豆含有较为丰富的膳食纤维，可以防止便秘，有清肠作用。

健康有道

荷兰豆中富含胡萝卜素，食用后可防止人体致癌物质的合成，从而减少癌细胞的形成，降低人体癌症的发病率。

原　料 荷兰豆250克，咸菜50克，猪瘦肉100克，植物油适量。

调　料 白糖、味精、精盐各适量。

制作过程 ZHIZUO GUOCHENG

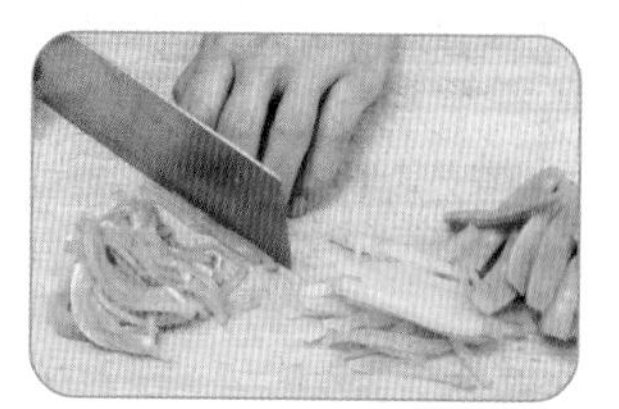

1. 荷兰豆洗净择去豆荚；咸菜洗净后，切成粗丝；猪瘦肉洗净，切成丝。

2. 炒锅烧热，放入油，待油热后放肉丝，倒入咸菜煸炒，加入少许水，炒至水分收干离火盛出。

3. 炒锅烧热，下油与荷兰豆煸炒，加少许盐、白糖再炒，放入咸菜、肉丝、味精，翻炒均匀即可。

炒大明虾

饮食宜忌 虾，一般人均可食用。但其为发物，急性炎症和皮肤疥癣及体质过敏者忌食。

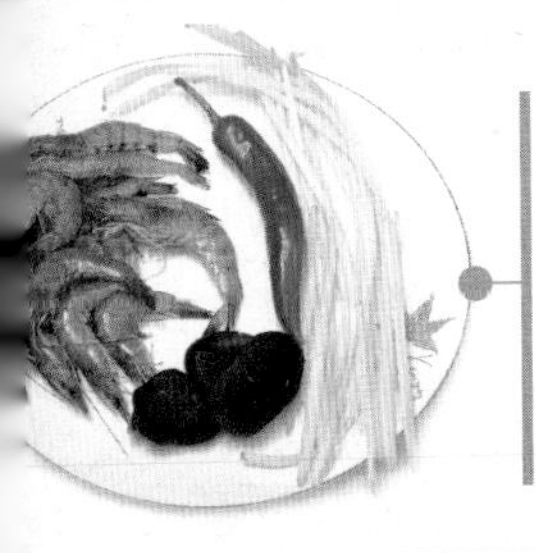

原 料：明虾肉400克，韭黄250克，香菇15克，青尖椒1个。

调 料：猪油1000毫升（耗100毫升），上汤、胡椒粉、芝麻油、绍酒、湿淀粉、味精、鱼露各适量。

营养功效

虾含有20%的蛋白质，是蛋白质含量很高的食品之一，是鱼、蛋、奶的几倍乃至几十倍，是营养均衡的蛋白质来源。虾中的胆固醇含量较高，但同时含有丰富的能降低人体血清胆固醇的牛磺酸；虾含有丰富的钾、碘、镁、磷等微量元素和维生素A等成分。

制作过程

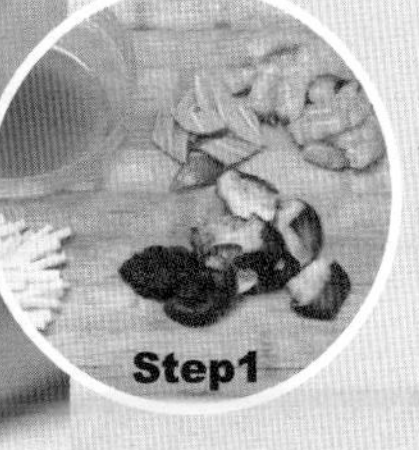

1. 虾肉洗净，用刀从虾背片切开，剔去虾肠后浸在淀粉水里；香菇切片；韭黄切段；尖椒切片。

2. 锅烧热，下油，用旺火烧至七成热时，投入虾肉爆炒至熟，倒出沥去油。

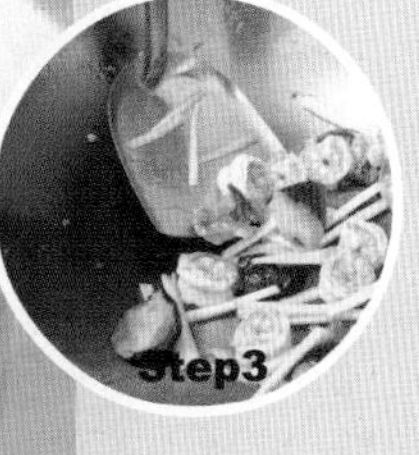

3. 锅内放入猪油，将香菇、韭黄、尖椒炒香，再把肉下锅，加入调料颠翻几下，迅速起锅装盘便成。

健康有道

在处理明虾时，要去掉其背上的虾线，那是虾未排泄完的废物，吃到嘴里有泥腥味，会影响食欲。

饮食宜忌 一般人均可食用，脑力劳动者更宜。患有胃肠道疾病特别是溃疡病的人不宜多食用葱；表虚、多汗者也应忌食。

葱烧肉段 CONG SHAO ROUDUAN

营养功效 葱含有挥发性硫化物，具特殊辛辣味，是重要的解腥、调味品。葱白甘甜、脆嫩。中医学上葱有杀菌、通乳、利尿、发汗和安眠等药效。

健康有道 每天食用葱，对身体有益。葱可生吃，也可凉拌当小菜食用，作为调料，多用于荤、腥、膻以及其他有异味的菜肴、汤羹中，对没有异味的菜肴、汤羹也起增味增香作用。

原 料 猪瘦肉300克，大葱白200克。

调 料 绍酒、酱油、白糖、白醋、精盐、味精、姜末、蒜片各少许，食用油、淀粉适量。

制作过程 ZHIZUO GUOCHENG

1. 肉切片，加入精盐、味精、绍酒调味；大葱白洗净，切段备用。

2. 肉片下入七成热油中炸透，呈金黄色时倒入漏勺。

3. 炒锅上火烧热，下入葱段、姜末、蒜片煸炒出香味，烹绍酒、白醋，加入调料，添少许汤，再下炸好的肉段，烧

香芋烧花肉

饮食宜忌 腹中胀满及糖尿病患者当少食或忌食香芋。

原 料： 香芋150克，五花肉250克，红椒1个，生姜、葱各10克。

调 料： 花生油、盐、味精、白糖适量，老抽王10毫升，生粉30克，清汤50毫升。

香芋含有淀粉、蛋白质、脂肪、胡萝卜素、维生素B_1、维生素B_2、维生素C、钙、磷、铁与皂素等。因其含淀粉最多，既可当蔬菜，又可充作粮食。能益脾胃、调中气、化痰散结。

制作过程

1. 香芋去皮切块，生姜切片，红椒切条，葱切段；五花肉切成3厘米见方的块。

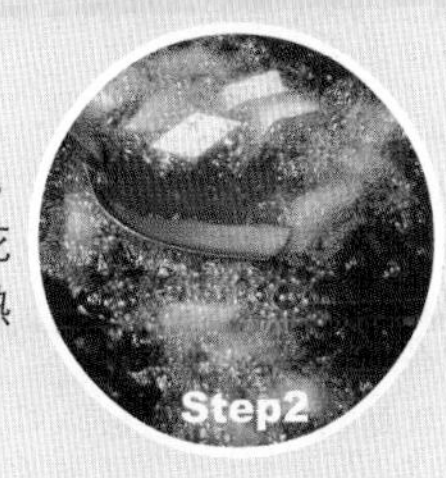

2. 烧锅下油，放入香芋和五花肉，炸至金黄至熟倒出。

3. 锅内留油，放入生姜片、红椒条、香芋块、五花肉，用生粉勾芡。

健康有道

香芋烹煮方法多，烧、炒、炖皆可，用其与鸡肉、猪肉一起炖、烧，其味香而不腻，酥而不烂。

饮食宜忌 一般人均可食用。各种水肿、浮肿、腹胀、少尿、黄疸、乳汁不通者可常食；慢性病者不宜多食。

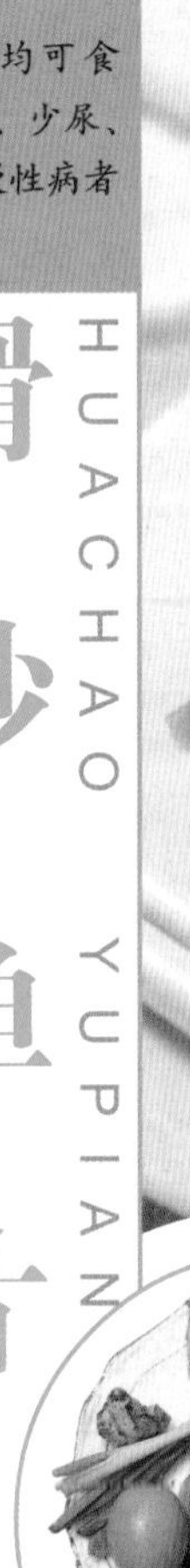

滑炒鱼片

HUACHAO YUPIAN

营养功效

鱼肉除了有与肉禽类相近的蛋白质外，还具有低脂肪、矿物质含量高的特点，对促进人体生长发育起到重要作用。而且鱼肉中的蛋白质极易被人体吸收，同时还含有牛磺酸，可强化心脏循环系统，对肝脏机能、神经系统有益。

健康有道

经常食用鱼类，人的身体会比较健壮，寿命也会比较长。

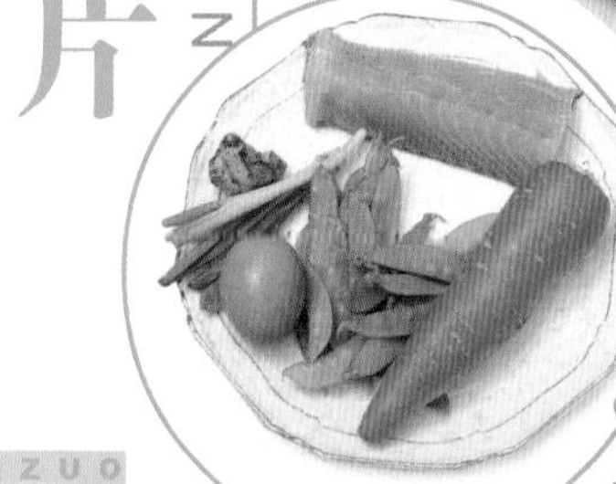

原　料 净鱼肉400克，荷兰豆100克，胡萝卜25克，鸡蛋清1个，猪油1000毫升(约耗75毫升)。

调　料 绍酒1大匙，胡椒粉、精盐、味精各1/3小匙，葱、姜丝、蒜片各少许，淀粉、鲜汤各适量。

制作过程 ZHIZUO GUOCHENG

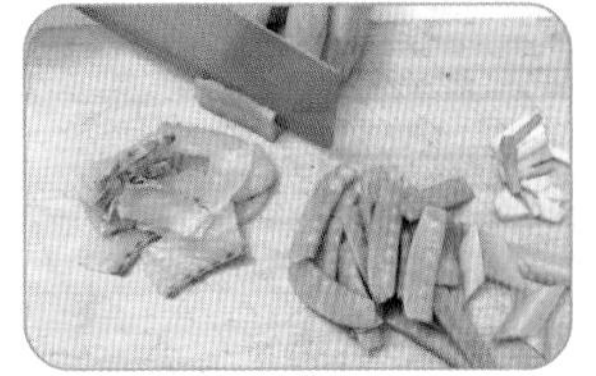

1. 鱼肉切片；荷兰豆洗净，切去头尾；胡萝卜切片。

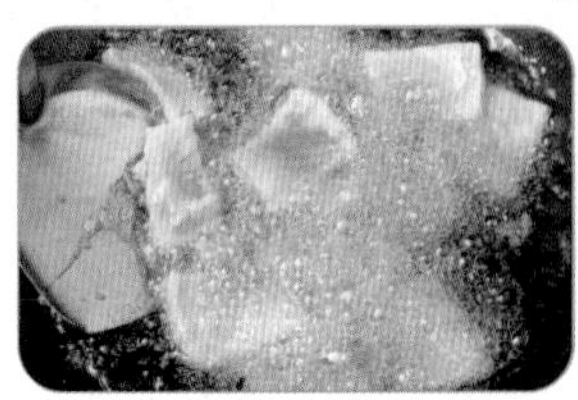

2. 将鱼肉片装入碗内，加蛋清、少许精盐、胡椒粉调味，下入四成热油中滑散滑透，倒入漏勺。

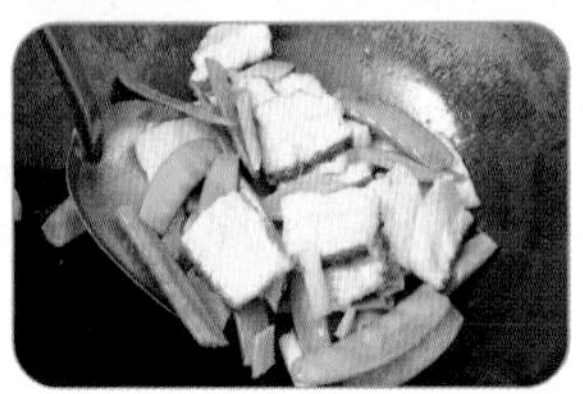

3. 炒锅上火烧热，加少许底油，用葱、姜丝、蒜片炝锅，放胡萝卜片煸炒，烹绍酒，下入鱼片，泼芡汁，翻炒均匀，

火腿油菜

饮食宜忌 油菜为发物，产后、痧痘和有慢性病者应少食。

原 料：油菜150克，火腿25克，葱少许。

调 料：植物油15毫升，味精、盐各适量，料酒6毫升，高汤50毫升。

营养功效

油菜味辛、性温、无毒，入肝、肺、脾经；茎、叶可以消肿解毒，治痈肿丹毒、血痢、劳伤吐血；种子可行滞活血，治产后心、腹诸疾及恶露不下、蛔虫肠梗阻。油菜含有大量胡萝卜素和维生素C，有助于增强机体免疫能力。

1. 油菜取心择洗净后切成寸段；火腿切成斜片；葱切段。

2. 锅上火入油，油热，下火腿炒出香味，捞起。

3. 投入菜心，加入高汤、盐、味精、料酒，翻炒至八成熟，然后加入火腿，炒匀出锅即成。

健康有道

吃剩的熟油菜过夜后就不要再吃，以免造成亚硝酸盐沉积，易引发癌症。

饮食宜忌 猪肚人人可食，诸无所忌。但胆固醇过高者当少食或不食，消化功能差的人不宜多食。

青椒炒猪肚

QINGJIAO CHAO ZHUDU

猪肚含有蛋白质、脂肪、碳水化合物、维生素及钙、磷、铁等，具有补中益气、止渴消肿、益脾健胃、助消化、止泄抑泻之功效。

猪肚烧熟后，切成长条或长块，放在碗里，加点汤水，放进锅里蒸，猪肚会涨厚一倍，又嫩又好吃。但注意不能先放盐，否则猪肚就会紧缩。

原　料 猪肚250克，青椒200克，香油50毫升，鸡汤75毫升。

调　料 淀粉75克，芝麻5克，酱油30毫升，盐、生粉各适量

制作过程 ZHIZUO GUOCHENG

1. 青椒洗净，去蒂，去籽，切丝，放入盐腌渍片刻。

2. 猪肚用生粉抓洗干净，切成细丝，与盐、酱油、淀粉搅拌均匀，腌渍入味。

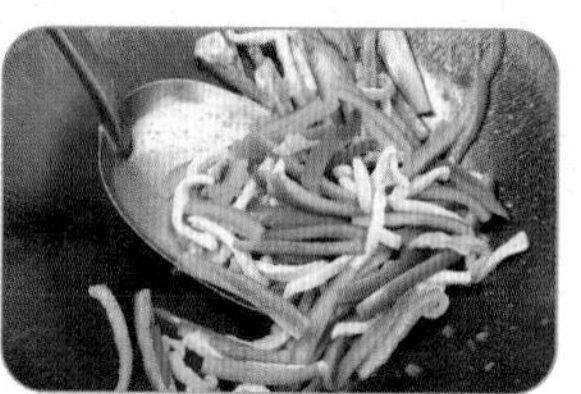

3. 炒锅烧热，放入香油，烧至七成熟时下青椒丝煸炒；再放猪肚煸炒，倒入青椒丝，调入芡汁，撒上芝麻即可。

仔姜田鸡

饮食宜忌 一般人均可食用。尤其是体虚、乏力、久病失调之人。

原　料： 田鸡400克，仔姜100克，红甜椒50克，肉汤50毫升。

调　料： 胡椒粉、味精、川盐各少许，湿淀粉10克，葱白20克，猪油500毫升，绍酒10毫升。

营养功效

田鸡含有丰富的蛋白质、钙和磷，对青少年的生长发育和更年期骨质疏松防治都十分有益。对于患有心性水肿或肾性水肿的人来说，用田鸡食疗，有较好的利水消肿功效。田鸡中含有锌、硒等微量元素，并含有维生素E等抗氧化物，能延缓机体衰老、润泽肌肤，并有防癌、抗癌的功效。

制作过程

1. 田鸡杀好，净田鸡肉入碗中，加适量盐、绍酒码味；红甜椒去蒂去籽与嫩仔姜同切薄片，葱白切段。

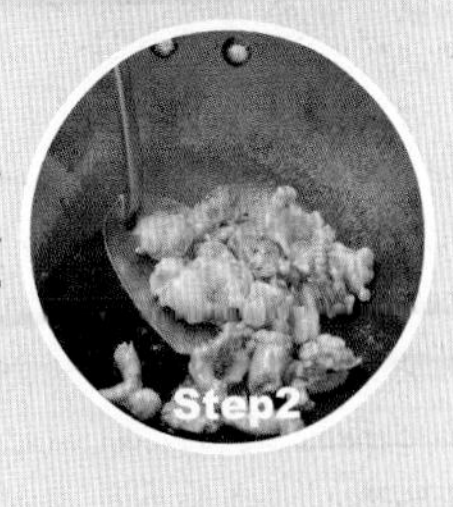

2. 炒锅置旺火上，下猪油烧至五成热，下田鸡腿滑炒断生，滗去余油。

3. 锅中留油，续下嫩仔姜、甜椒、葱白炒至出味时，烹入芡汁，推转起锅盛盘即成。

健康有道

现在食用的田鸡大多为人工养殖。鉴于田鸡肉中易有寄生虫卵，定要加热至熟透再食用。田鸡可供红烧、炒食，尤以腿肉最为肥嫩。

饮食宜忌 凡内虚火旺、胃及十二指肠溃疡、眼病等患者不宜食大蒜。

蒜子焖猪尾 SUANZI MEN ZHUWEI

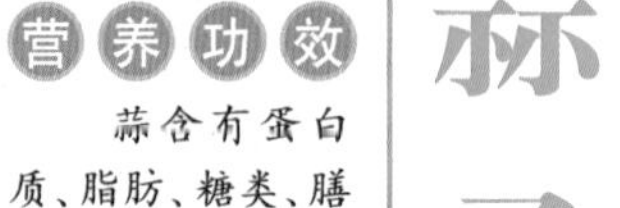

营养功效

蒜含有蛋白质、脂肪、糖类、膳食纤维、胡萝卜素、维生素B_1、维生素B_2、烟酸、维生素C、钙、磷、铁、挥发油和大蒜苷等。能解滞气、暖脾胃、消症积、解毒杀虫、治积滞、腹冷痛、泄泻、痢疾、百日咳等症。

健康有道

大蒜中含有一种叫"硫化丙烯"的辣素，对病原菌和寄生虫都有良好的杀灭作用，可预防感冒，减轻发烧、咳嗽、喉痛及鼻塞等感冒症状。

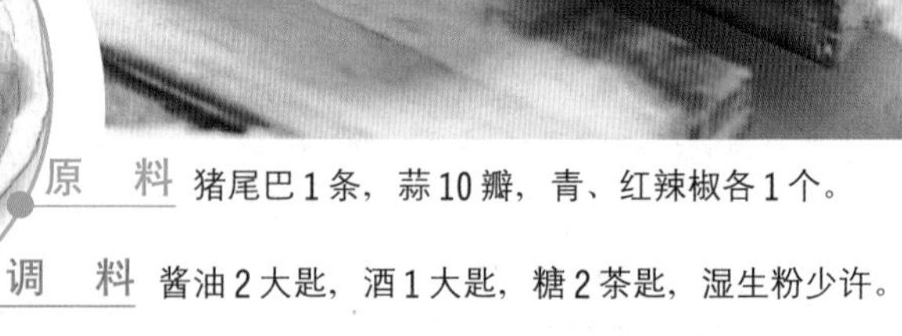

原料 猪尾巴1条，蒜10瓣，青、红辣椒各1个。

调料 酱油2大匙，酒1大匙，糖2茶匙，湿生粉少许。

制作过程 ZHIZUO GUOCHENG

1. 猪尾巴斩成块，蒜子去皮，青红椒切成件。

2. 锅内放油烧滚、下入猪尾炸约1分钟，捞起，接着下入蒜子略炸。

3. 另起锅，将蒜子、猪尾、青红椒投入，烹入酒，加入酱油、糖、清汤，焖约10分钟，用少许湿生粉勾芡即可。

红烧肉

饮食宜忌　一般人均可食用。肥胖者少食。

原料：五花肉500克，蒜4瓣，葱2根，水5大匙。

调料：酱油4大匙，料酒3大匙，味精少许。

营养功效

五花肉一般含脂肪量多，具有补虚、滋阴、养血及润燥的功效。

制作过程

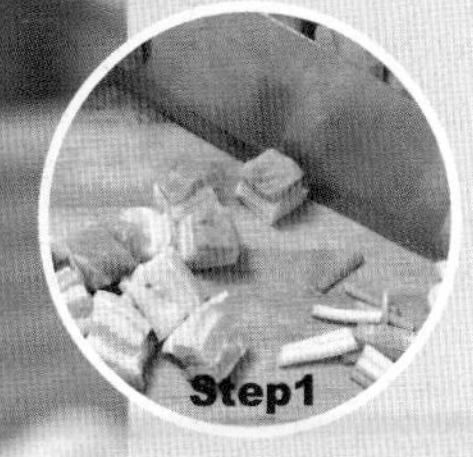

1. 五花肉洗净切块；蒜拍碎；葱切段。

2. 肉块放入锅内，加蒜、料酒、酱油、水、味精、葱，盖锅以小火烧约30分钟。

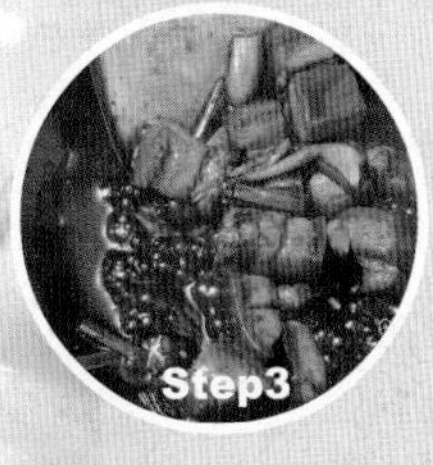

3. 至肉酥烂，再旺火收干汁，放入葱段即成。

健康有道

若喜甜味，可酌量加入少许的糖。将肉整块煮熟切块后，再红烧，形状比较方整美观。

饮食宜忌 鸡肉适宜虚损羸弱、营养不良、气血不足、肺结核、肝硬化腹水、久病体虚、妇女产后体虚或乳汁不通、浮肿、月经不调等患者食用。

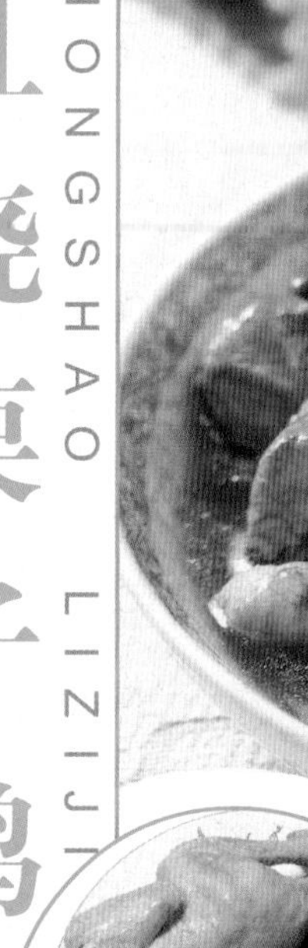

红烧栗子鸡

HONGSHAO LIZIJI

营养功效

鸡肉含蛋白质、脂肪、糖类、钙、磷、铁、维生素B_1、维生素B_2、烟酸等，营养十分丰富。具有健脾胃、益五脏、温中益气、补精充髓、强筋骨而补虚损之功效。

健康有道

鸡肉肉质细嫩、滋味鲜美，适合多种烹调方法，有滋补养身的作用。不但适于热炒、炖汤，而且比较适合冷食凉拌。

原 料 嫩光鸡1只，生板栗250克，姜片、葱少许。

调 料 料酒、糖各1汤匙，生粉、酱油、上汤各适量。

制作过程 ZHIZUO GUOCHENG

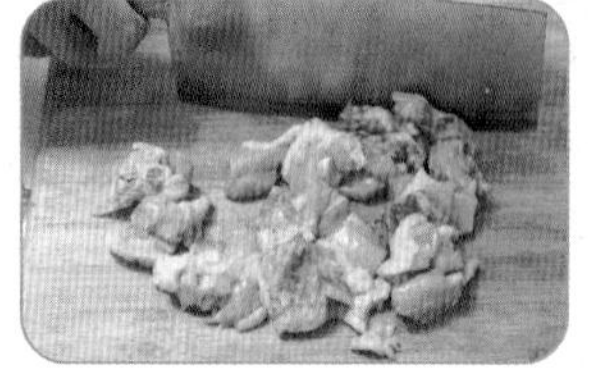

1. 鸡剖净后斩块；板栗放在开水锅中煮至壳与肉能剥开，捞出后剥去壳、皮。

2. 热锅下油，烧至七成熟时，将鸡块过油，把栗子、鸡块倒在锅中，加入调料和适量的汤，在大火上煮滚后，用小火焖酥。

3. 将焖酥的鸡块、栗子加味精，用大火略煮，汁浓后加生粉水勾芡，在锅内翻炒片刻即可。

滑熘里脊

饮食宜忌　一般人均可食用。湿热痰滞内蕴者慎服；肥胖、血脂较高者不宜多食。

原 料：猪里脊肉250克，圆椒、鸡蛋各1个，猪油750毫升（约耗50毫升）。

调 料：绍酒1大匙，白糖1小匙，精盐、味精各1/3小匙，葱、蒜片、姜末各少许，水淀粉、香油各适量。

营养功效

猪里脊肉含有人体生长和发育所需的丰富的优质蛋白、脂肪、维生素等，而且肉质较嫩，易消化。它为人类提供优质蛋白质和必需的脂肪酸，提供血红素（有机铁）和促进铁吸收的半胱氨酸，能改善缺铁性贫血。

制作过程

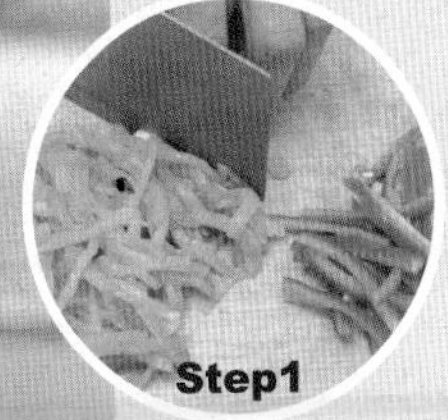

1. 猪里脊肉去掉板筋，切成丝，加入精盐、味精、蛋清、淀粉，上“蛋清浆”；圆椒去籽切丝。

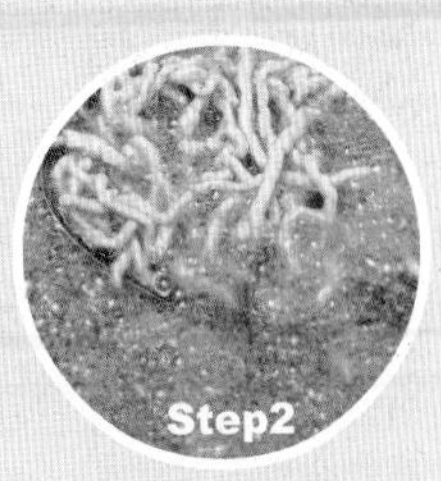

2. 下四成热油中滑散炒透，倒入漏勺；小碗中加入精盐、味精、白糖、水淀粉，调制成芡汁备用。

Step3

3. 炒锅上火烧热，加底油，用葱、姜末、蒜片炝锅，烹绍酒，下入椒丝煸炒，再下入肉丝，泼入调好的芡汁，翻拌均匀，淋香油，出锅装盘。

健康有道

处理里脊肉时，一定要先除去连在肉上的筋和膜，否则不但不好切，吃起来口感也不佳。

饮食宜忌 鲫鱼人人可食，诸无所忌。尤其适宜各种水肿、产后乳汁不通、脾胃虚弱、食欲不佳等患者食用。

糖醋鲜鱼

TANGCU XIANYU

营养功效 鲫鱼性温，味甘，含丰富蛋白质，并含钙、磷、铁等多种矿物质，维生素B_1、烟酸等成分，而脂肪、碳水化合物含量少。具有益气健脾、利水消肿、清热降毒、通脏下乳、理气散结、升清降浊之功效。

健康有道 鲫鱼不宜和大蒜、砂糖、芥菜、沙参、蜂蜜、猪肝、鸡肉、野鸡肉、鹿肉，以及中药麦冬、厚朴一同食用。吃鱼前后忌喝茶。

原　料　新鲜大白鲫1条，洋葱100克。

调　料　绍酒4大匙，葱段、姜片、生粉各适量，西红柿酱4大匙，白糖、白醋各1大匙，精盐1/4小匙，水淀粉少许。

制作过程 ZHIZUO GUOCHENG

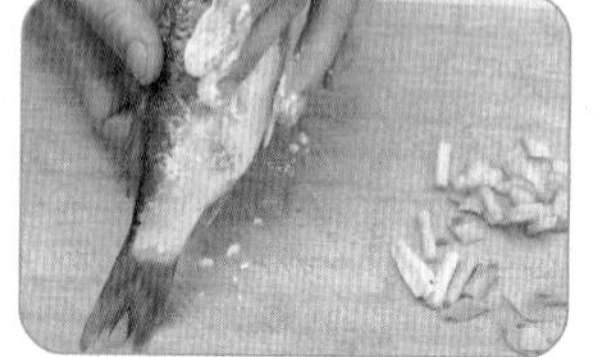

1. 鲫鱼洗净，去脊骨及腹刺，用绍酒、葱段、姜片腌制入味，沾上生粉备用。

2. 锅中倒适量油烧热，放入鱼肉炸至金黄色，捞起，盛入盘内。

3. 锅中留油烧热，炒香洋葱丁，再放西红柿酱、绍酒、白糖、白醋、精盐煮滚，最后用水淀粉勾芡，淋在鱼上即成。

甜酒烧火腿

饮食宜忌 一般人均可食用。气血不足者适宜食用；患有急慢性肾炎者忌食；老年人、胃肠溃疡患者禁食。

原 料： 火腿150克，甜酒糟20克，青、红椒各1只，姜10克。

调 料： 花生油30毫升，盐、味精、白糖、麻油各少许，湿生粉20克，清汤30毫升。

火腿由肉类加工而成，主要包含蛋白质、脂肪、碳水化合物和多种矿物质等营养成分，有健脾开胃、生津益血的功用。能治疗虚劳怔忡、胃口不开、虚痢久泻等症。历来被看做席上佳肴，馈赠珍品。

Step1

1. 火腿切片；青椒、红椒、生姜均切片。

2. 烧锅下油，放入生姜片、青红椒片、火腿片，加入盐、味精、白糖、鸡汤同烧。

3. 加入甜酒槽，烧至入味，然后用湿生粉勾芡，淋麻油即成。

健康有道

火腿肉是坚硬的干制品，炖之前在火腿上涂些白糖，然后再放入锅中，就比较容易炖烂，且味道更为鲜美；用火腿煮汤时可加少量米酒，能让火腿更鲜香，且能降低咸度。

饮食宜忌 一般人皆可食用。尤其适宜儿童、产后妇女食用。

油爆鲜贝

YOUBAO XIANBEI

鲜贝含有丰富的高质量蛋白质和钙、磷、铁、碘、锌等无机盐，维生素B_2、烟酸的含量也极为丰富，常食能补充大量的高质量蛋白质。

油爆的菜都是白汁的，要求火旺、油热、动作迅速，汁要完全泡在菜上，吃完菜盘内只能有残油薄片。

原　料 鲜贝400克，清汤75毫升，鸡蛋清1个，葱白10克，冬笋25克，荷兰豆15克，鲜香菇25克。

调　料 鸡油10毫升，湿淀粉50克，花生油500毫升，绍酒5毫升，盐、味精各适量。

制作过程 ZHIZUO GUOCHENG

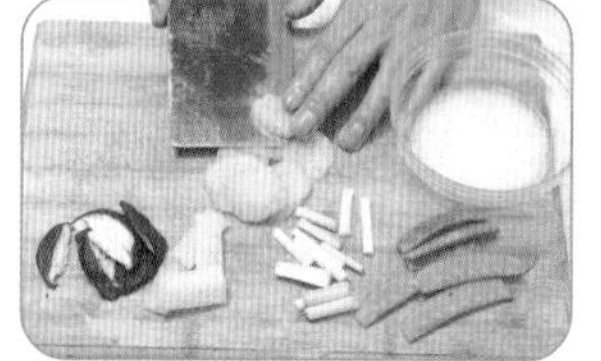

1．鲜贝切薄片；冬笋、鲜香菇切片；葱白剖开切段；荷兰豆切去头尾。

2．鲜贝放碗内，用蛋清、湿淀粉、精盐抓匀；锅内加油，在旺火上烧至七成热时将鲜贝下入锅中，过油捞出。

3．锅内留油，旺火烧热后放葱段、笋片、香菇片、荷兰豆稍炒，烹绍酒，加鲜贝，再迅速倒汁，淋鸡油，急速翻炒即成。

龙鱼烧豆腐

饮食宜忌 一般人均可食用。豆腐性偏寒，胃寒者和易腹泻、腹胀、脾虚者以及常出现遗精的肾亏者不宜多食。

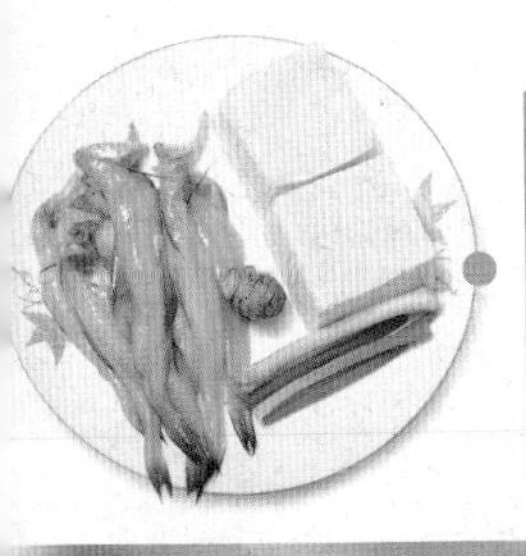

原 料： 豆腐2块，龙鱼150克，大葱100克。

调 料： 绍酒、酱油各1大匙，白糖1/2大匙，精盐、味精各1/3小匙，姜末少许，食用油、水淀粉适量。

营养功效

豆腐作为食药兼备的食品，具有益气、补虚等多方面的功能。豆腐是植物食品中含蛋白质比较高的，含有8种人体必需的氨基酸，还含有不饱和脂肪酸、卵磷脂等。因此，常吃豆腐可以保护肝脏，促进机体代谢，增加免疫力并且有解毒作用。

制作过程

1. 豆腐切条，下入七成热油中炸透，呈金黄色时倒入漏勺；龙鱼洗净切段；大葱切段备用。

2. 锅内留适量底油，下入龙鱼煸炒至变色，放入葱段、姜末爆香。

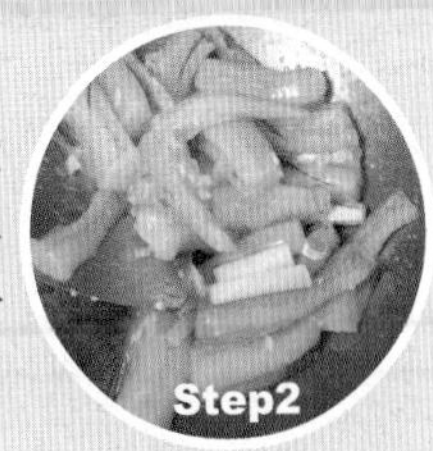

3. 烹绍酒，加入酱油、白糖、精盐，添汤，下入炸好的豆腐条，烧至入味，加味精，用水淀粉勾芡，淋明油，出锅装盘即可。

健康有道

豆腐可用于食疗，具有一定的药用价值。如葱炖豆腐，可治感冒初起；鲫鱼与豆腐共煮，可治麻疹出齐尚有余热者，也可用于下乳；葱煎豆腐，可用于治水肿膨胀。

饮食宜忌 一般人皆可食用。痰湿偏盛、舌苔厚腻之人，则少食猪舌。

红烧猪舌

HONGSHAO ZHUSHE

营养功效

猪舌性平味甘、咸，肉质坚实，无骨，无筋膜、韧带，熟后无纤维质感。含有丰富的蛋白质、维生素A、烟酸、铁、硒等营养元素，有滋阴润燥的功效。

健康有道

猪舌可用于酱、烧、烩，如“酱猪舌”、“红烧舌片”、“烧杂烩”等。盐腌舌头通常是挤过汁的煮熟切片，一般采冷食，生舌头可加葡萄酒温煮，或水煮后添各类配饰上桌。

原　料　猪舌1条，冬笋50克，香菇30克，青蒜50克。

调　料　冰糖25克，料酒25毫升，葱13克，香油、姜、盐、味精适量。

制作过程 ZHIZUO GUOCHENG

1. 猪舌洗净切块；姜切片；葱切段；冬笋切成梳背形；青蒜切段；香菇切片。

2. 锅烧热注入少许香油，加冰糖炒至紫黑色，再加调料和猪舌、猪尾、冬笋，烧开后把浮沫撇去。

3. 用中火烧收浓汁，挑除葱、姜，加味精即成。

百合丝瓜炒鸡片

饮食宜忌 一般人均可食用，凡脾胃虚寒和便溏、腹泻者忌食丝瓜。

原 料：鲜百合200克，鸡胸肉150克，丝瓜400克。

调 料：蒜蓉、葱片各少许，水1汤匙，麻油、胡椒粉各少许，酱汁、绍酒各1/2匙，盐1/4匙，生粉1匙。

丝瓜富含蛋白质、脂肪、碳水化合物、钙、磷、铁、胡萝卜素、维生素B_1、维生素B_2、烟酸、维生素C，以及皂苷、植物黏液、木糖胺等。具有清热化痰、凉血解毒、安胎通乳之功效。

制作过程

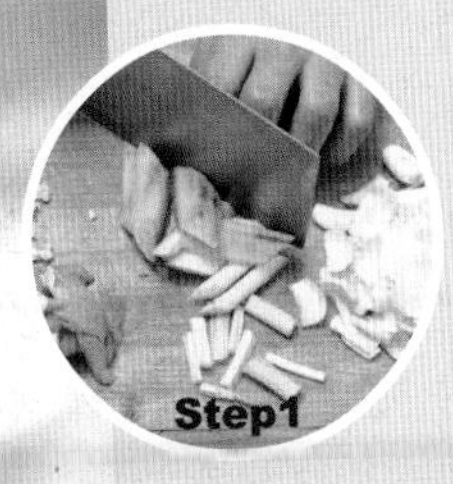

1. 丝瓜去硬皮，洗净、切件，用少许盐、油略炒至软身，取出留用；鲜百合剥成瓣后，洗净沥干，待用；鸡胸肉略冲洗，抹干后切成薄片。

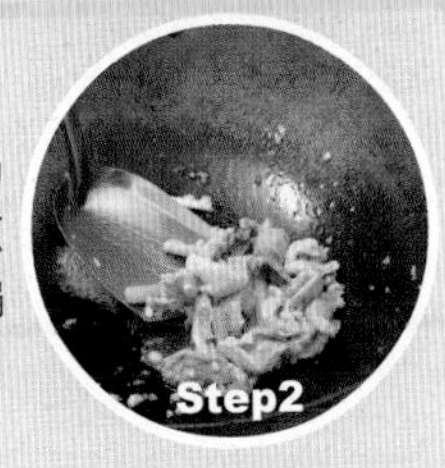

2. 烧热油2汤匙，爆香蒜蓉、葱片，将鸡肉投入，煸炒至九成熟。

3. 加调味料，与丝瓜、鲜百合炒至熟即可。

健康有道

烹制丝瓜时应注意尽量保持清淡，油要少用，可用味精或胡椒粉提味，这样才能显出丝瓜香嫩爽口的特点。

饮食宜忌 带鱼为发物，凡皮肤病及疖肿疮疡等患者忌食；哮喘、中风病人不宜多食。

红烧带鱼段

HONGSHAO DAIYUDUAN

营养功效

带鱼富含蛋白质、低脂肪、钙、磷、铁、碘及维生素 B_1、B_2、烟酸等成分。带鱼磷及油脂中含有较多的卵磷脂和多种不饱和脂肪酸。具有补五脏、和中暖胃、补气养血、泽肤健美之功效。

健康有道

带鱼腥气较重，宜红烧，糖醋；鲜带鱼与木瓜同食，对产后少乳、外伤出血等症具有一定疗效。

原　料 鲜带鱼 300 克，食用油适量。

调　料 绍酒、酱油各 2 大匙，香油、白醋、白糖各 1/2 大匙，精盐、味精各 1/3 小匙，葱、姜末、蒜片、花椒各少许，水淀粉适量。

制作过程 ZHIZUO GUOCHENG

1. 带鱼洗净，剁成长段，下入八成热油中炸透，呈金黄色时，倒入漏勺。

2. 锅内留油，用花椒及葱、姜、蒜炝锅，烹绍酒、白醋，加酱油、白糖、精盐，添汤烧开，再下炸好的鱼段，转小火烧至入味。

3. 见汤汁稠浓时，加入味精，移旺火收汁，用水淀粉勾芡，淋香油，出锅装盘即可。

香菇烧豆腐

饮食宜忌 一般人均可食用，凡脾胃虚寒及顽固性皮肤瘙痒症患者，当少食或不食香菇。

原 料： 豆腐1块，发好的香菇150克，火腿50克，葱花少许。

调 料： 精盐、西红柿酱、水淀粉、鸡精、白糖、酱油、食用油各适量。

营养功效

香菇含有的十多种氨基酸中，有异亮氨酸、赖氨酸、苯丙氨酸、蛋氨酸、苏氨酸、缬氨酸等7种人体必需的氨基酸，还含有维生素D、B_1、B_2及矿物盐、粗纤维等。具有调节人体新陈代谢、帮助消化、降低血压、减少胆固醇、预防肝硬变、消除胆结石、防治佝偻病等功效。

制作过程

1. 豆腐切成长方块；香菇去蒂洗净，切成小块；火腿切片待用。

2. 坐锅点火放油，油温烧至七成热时，放入豆腐片炸至金黄色，倒入漏勺。

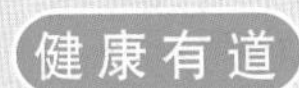

3. 锅内留余油，油热后放入西红柿酱煸炒，倒入香菇、白糖、酱油和适量的水，再放入豆腐，加精盐、鸡精、火腿片，用中火烧至入味，勾薄芡出锅，装盘即可。

健康有道

干香菇用温水浸泡2~3小时，洗净，按需切块、切条、切丁，炒肉、炖汤、包饺子，味道鲜美，富有营养。宜置于阴凉干燥处密闭保存，食用后密封，以免被氧化。

图书在版编目(CIP)数据

一学就会炒热菜/玺璺编著. 一长沙：湖南美术出版社，2008.12

（家庭快捷烹饪丛书）

ISBN 978-7-5356-3015-5

Ⅰ.一… Ⅱ.玺… Ⅲ.菜谱 Ⅳ.TS972.12

中国版本图书馆CIP数据核字(2008)第137076号

家庭快捷烹饪丛书

一学就会炒热菜

策　　划：犀文图书

编　　著：玺璺

责任编辑：刘海珍　范琳　李松

出版发行：湖南美术出版社

（长沙市东二环一段622号）

经　　销：湖南省新华书店

印　　刷：长沙湘诚印刷有限公司

（长沙市开福区伍家岭新码头95号）

开　　本：889 × 1194　1/24

印　　张：20

版　　次：2008年12月第1版　2008年12月第1次印刷

书　　号：ISBN 978-7-5356-3015-5

定　　价：75.00元（共五册）

邮购联系：0731-4787105　邮　编：410016

网　　址：http://www.arts-press.com/

电子邮箱：markct@arts-press.com

如有倒装、破损、少页等印装质量问题，请与印刷厂联系调换。

联系电话：0731-4363767